ON ÉCRASE BIEN
LES VIPÈRES...

Le Prix du Quai des Orfèvres 1984 a été décerné, sur manuscrit, par un Jury présidé par monsieur le Directeur de la Police Judiciaire de la Préfecture de Police de Paris, 36, Quai des Orfèvres.

Ont participé à ce vote :

Le Directeur Central de la Police Judiciaire,
le Secrétaire Général d'Interpol,
le Directeur du Laboratoire de Police Scientifique, et plusieurs hautes personnalités du monde de la Police, de la Justice, du Journalisme et des Lettres.

Décembre 1983

JEAN LAMBORELLE

ON ÉCRASE BIEN
LES VIPÈRES...

FAYARD

AVERTISSEMENT AU LECTEUR

Se conformant à un usage immuable, l'auteur tient à déclarer que les événements racontés dans ce roman sont le pur produit de son imagination. Toute ressemblance des situations et personnages avec d'autres personnages, d'autres situations, réels ou fictifs, démontrerait une fois de plus qu'il n'y a rien de nouveau sous le soleil.

En revanche, les actes d'investigation qui y sont décrits tant dans leur fond que dans leur forme, et les rapports qui s'y établissent entre magistrats et policiers s'efforcent de montrer la réalité professionnelle d'une authentique enquête de police judiciaire.

© Librairie Arthème Fayard, 1983

I

Jeudi 10 juillet 1980 — 11 h

— Qu'est-ce que tu en penses ?

L'ancien, l'inspecteur divisionnaire Joseph Villemain, a posé la question, tout en tirant un vigoureux shoot du gauche dans une boîte à sardines rouillée qui déshonore le sentier en sous-bois.

Le cadet, Contat, de vingt-cinq ans plus jeune, hausse à peine l'épaule gauche.

— Que pourrait-il bien répondre ? Depuis que les deux hommes font équipe, André Contat a entendu des dizaines de fois la même interrogation. Il croyait, au début, qu'il devait dire quelque chose, n'importe quoi au besoin, ne fût-ce que pour manifester son intérêt. Il a vite compris. L'ancien, chaque fois que démarre une nouvelle enquête, n'a que faire d'opinions, ni même de suggestions. Il sait parfaitement que Contat ne parlera que s'il a du sérieux à proposer. A ce stade, seuls importent les éléments tangibles, concrets, qui sont le résultat apparent du crime. Pas le crime lui-même, qui appartient au domaine des faits passés, et qu'il n'a donc pas eu la faculté d'observer en direct.

A partir de ces bases matérielles constituant la seule certitude accessible, et de celles que la suite de l'enquête permettra de découvrir, sa tâche sera précisément de reconstituer l'enchaînement des faits qui y a abouti, et par là même d'en découvrir le ou les auteurs.

Parfois, les éléments d'observation constituent dès le départ un ensemble cohérent, chacun s'ajustant avec exactitude aux autres. Il s'agit des enquêtes simples, dont le S.R.P.J.[1] est rarement saisi, menées tambour battant par la gendarmerie ou la police locale. Parfois aussi des lacunes apparaissent entre des sous-ensembles ; le problème sera de les combler ; parfois encore, les données concrètes semblent jurer entre elles et il faut découvrir le lien qui les harmonisera. Là interviennent les spécialistes. Non pas qu'ils soient ou se considèrent comme des super-policiers. Mais, lorsqu'ils sont en charge d'une affaire, ils n'ont d'autre préoccupation que cette affaire et y consacrent la totalité de leur temps, tandis que leurs collègues des services locaux, assaillis par une multiplicité de servitudes plus accaparantes les unes que les autres, sont obligés de se disperser. En outre, assujettis à des compé-

---

1. S.R.P.J. : Service régional de police judiciaire.

tences territoriales limitées, ceux-ci ne peuvent intervenir hors circonscription que dans les cas expressément prévus par le Code de procédure pénale. Les « mobilards » des S.R.P.J. sont un peu moins gênés aux entournures, leur terrain de chasse couvre un ressort beaucoup plus étendu, qui se confond avec celui de la cour d'appel. De plus, la nature même des enquêtes qui leur sont confiées les conduit à maîtriser certaines méthodes de travail, voire à philosopher à leur sujet.

C'est un des dadas favoris de Villemain, l'aîné.

— L'enquête, professe-t-il, ressemble au travail de l'archéologue penché sur des fragments de mosaïque ancienne. Le nez sur ses petits cailloux — données objectives et parcellaires par excellence —, il ne voit que des détails qu'il s'efforce de recomposer, comme il le ferait pour un puzzle, selon les critères, forme, couleur, époque présumée, cadre, analogie ou autres que lui fournit son expérience. Lorsqu'il en a réuni suffisamment, et alors seulement, il peut prendre du recul et, réfléchissant à partir d'hypothèses, découvrir à quoi pouvait bien ressembler la composition initiale. Tant qu'il n'en a pas assez, à quoi bon supputer ?

Villemain a fait autrefois un voyage en Italie, et conserve une impression marquée de sa visite à Pompéi...

Telle est donc la première leçon qu'a reçue André Contat lorsque, dès sa sortie d'école, il a été affecté à la brigade criminelle du S.R.P.J. de

Marseille, et confié pour ses premières armes aux bons offices de Villemain. Quelques jours plus tard, l'affaire du bar du Téléphone mettait le service sur pied de guerre. Pour son apprentissage, il n'aurait pu rêver conditions plus favorables...

Des semaines d'enquête, de surveillances, de filatures, peu de données objectives à se mettre sous la dent, un milieu provisoirement prudent, des indicateurs muets de terreur. Pour les rares éléments qui s'assemblaient en forme à peu près cohérente, que de lacunes ! Que de questions restées sans réponse ! Que d'alternatives en cascade, croissant en proportion géométrique ! Au bout du compte, car il est vrai aussi qu'aucune enquête sérieuse ne débouche sur un échec total, de bonnes possibilités, mais pas de preuves, pas même le faisceau d'indices et de présomptions suffisamment concordants pour autoriser l'inculpation d'une personne déterminée : beaucoup de peine pour un maigre résultat. Aussi, après quatre bons mois de ce régime quotidien, Contat avait-il sans doute appris tout ce que la meilleure école est impuissante à enseigner, mais le goût du romanesque qui l'avait conduit à opter pour la police judiciaire s'était bien émoussé : le romanesque appartient au domaine des loisirs ! Mais la quête quotidienne, à base d'application, de souci du détail, et même si elle prend parfois des allures de routine, n'est ni décevante ni décourageante pour autant.

— Tout ce qui est engrangé servira tôt ou tard, prédisait Villemain. Les langues finiront par se délier, des faits nouveaux apparaîtront. Les voyous ont de la mémoire, mais nous aussi.

En attendant la réalisation de ces prophéties optimistes, l'équipe s'est soudée, Contat apportant à la doctrine son petit grain de sel personnel, presque en forme de théorème :

« Entre des données objectives, le raisonnement ne doit permettre de découvrir qu'un cheminement logique possible, et un seul, d'une donnée à l'autre. Faute de quoi il n'existe pas de chance raisonnable d'expédier un suspect aux galères. »

II

Mercredi 9 juillet 1980 — 16 h

— Vous partez enquêter à Digne, vient d'annoncer le patron. Quelques jours en montagne en cette saison, la fraîcheur, l'air pur, on peut dire que vous êtes nés sous une bonne étoile ! Ce n'est pas à moi que ça arriverait... Meurtre d'un hippie, enfin, d'un zigoto de ce genre, un marginal, comme vous dites, Contat. Voilà qui vous changera de vos pistoleros marseillais ou varois. La commission rogatoire vous attend chez le juge d'instruction, vous passerez la prendre en arrivant. Je n'en sais pas plus long, et même si je savais, je ne vous dirais rien, vous êtes assez grands pour voir tout seuls. Les gendarmes ont fait les premières constatations, vous verrez avec eux. A propos, Villemain, j'y pense, leur capitaine est un ami personnel, alors pas de racisme ! Vu ?

Contat est parvenu à contenir un gloussement. L'allusion perfide du patron vise un incident dont tout le service a ri, sauf l'intéressé. A Pâques, sur la route de retour des vacances, Villemain s'est fait siffler à 120 à l'heure par des gendarmes embusqués sur une nationale limitée à 90 et n'a pu conserver son permis que grâce à une intervention bien placée. Rien de dramatique, mais il a dû, en plus, subir une longue homélie sur la sécurité au volant, la responsabilité de l'automobiliste, et la nécessité toute particulière pour certains de donner l'exemple. Sermon d'autant plus indigeste qu'il était mérité. Rien n'est plus exaspérant que d'être pris en faute devant une épouse qui proclame son horreur viscérale de la vitesse, et en présence de deux adolescents goguenards : les enfants ne respectent plus rien ! L'inspecteur divisionnaire garde, contre l'espèce des gendarmes, une méchante dent...

— Pas de racisme, pas de racisme ! a grogné Villemain après avoir soigneusement refermé la porte du bureau directorial. Il en a de bonnes le patron ! Enfin... Pourvu qu'ils ne nous aient pas une fois de plus saboté le travail...

Eternel conflit entre les hommes sur place dès la première heure, alors qu'on ne sait que chercher, quand tout peut être déterminant pour l'avenir de l'enquête, et ceux qui interviennent en seconde ligne, sur un terrain déblayé. Un conflit qui n'a et n'aura sans doute jamais de solution idéale...

III

Jeudi 10 juillet 1980 — 11 h 5

— Et vous, mon capitaine ? relance Villemain.
— Rien de plus que tout à l'heure, inspecteur. Je vous ai vidé mon sac. Nous ne savons pas qui est la victime, nous n'avons ni mobile ni auteur. Notre seule certitude se résume à ce que nous avons pu recueillir sur place. Le brigadier vous remettra copie du premier procès-verbal transmis au parquet, et au vu duquel le procureur a requis l'ouverture d'une information.

Un silence, puis l'officier, changeant de ton, ajoute :
— Devant la clarté des faits, ces messieurs de la justice n'ont pas estimé nécessaire de se transporter sur les lieux. Il est vrai que les photos, à votre disposition bien entendu, sont excellentes. On s'y croirait...

Le regard en coin de Villemain croise celui du capitaine. Ce faisant, il trébuche et récupère de justesse l'attitude verticale. Néanmoins, il sourit :

les deux hommes ont eu la même pensée ; il est en effet difficile d'imaginer les deux magistrats rencontrés ce matin même au palais de justice en train d'arpenter ce chemin de montagne caillouteux.

Après avoir amicalement salué le commissaire de Digne et son chef de la Sûreté urbaine, territorialement non compétents pour ce crime commis hors du périmètre de la ville, et qui n'avaient pu leur fournir que quelques éléments d'ambiance, leur seconde visite avait été, code de procédure oblige, pour le procureur de la République, l'affabilité faite homme. Il leur avait en quelques phrases résumé les premiers éléments de l'affaire, puis avait tenu à les conduire en personne à l'unique cabinet d'instruction, en dépit d'une jambe droite raide.

Pour sa part, le juge d'instruction, petit, bedonnant, le visage haut en couleur et les yeux très vifs, semblait ravi :

— Enfin un bon petit crime bien mystérieux ! Une aubaine ! Ça rouillait depuis Dominici ! Mais au mauvais moment pour moi : je prends mon congé le premier août, et je vais sûrement en rater un bout ! Du crime, je veux dire, pas des vacances ! C'est pour cela qu'avec l'accord de M. le procureur de la République et bien que ce ne soit plus guère dans les usages — ici, un clin d'œil entendu —, je vous ai établi une commission rogatoire aussi générale que possible, pour vous laisser les coudées franches. Au demeurant, je suis surchargé. Alors, pas plus de paperasse qu'il n'en faut, n'hésitez pas si vous avez du nouveau à me donner un coup de fil, même chez moi. Vous connaissez en gros les faits, vous verrez les détails avec les gendarmes. Pas de questions ? Messieurs, je vous salue, et bonne chance !

Sur ce petit monologue débité à toute allure, les inspecteurs ont présenté leurs très protocolaires respects, et pris congé du magistrat.

— Au moins, nous ne l'aurons pas tout le temps dans les jambes, a observé Contat, tandis qu'ils se rendaient à la gendarmerie. Un bon gros qui nous laissera travailler tranquilles.

— A ta place, je ne m'y fierais pas trop ! Tu as vu ses yeux ? Crois-moi, ce type est un accrocheur, le genre qui ne laisse rien passer, ni dans le fond ni dans la forme. Pour nous, pas question de laisser une zone d'ombre dans la procédure, c'est là qu'il commencerait à pousser son nez pointu. Quant au coupable, si nous mettons la main dessus, il ne lui fera pas la partie belle. Un chasseur de têtes cérébral, si tu vois ce que je veux dire...

Mais Contat a beau recourir à toutes les ressources de son imagination, il ne parvient pas à imaginer un Joss Randall dans le bureau qu'ils viennent de quitter.

IV

Jeudi 10 juillet 1980 — 8 h 30

Le capitaine de gendarmerie a tenu à accompagner les inspecteurs sur les lieux du crime, à un peu plus d'une heure de marche du pittoresque village d'Archail, tout près de Digne, mais déjà en pleine montagne, au pied d'un des buts d'excursion les plus classiques et les plus fréquentés de la région : le pic de Couar qui culmine à près de 2 000 mètres.

Le petit groupe, auquel se sont joints le chef de la brigade des recherches et un gendarme qui attendaient sur la place du village, suit ce sentier pendant environ 45 minutes, puis bifurque sur la droite, empruntant une trace assez raide qui, à travers une pinède dense, se dirige vers la base d'un immense entonnoir de terre détritique et de pierrailles, au pied des falaises rocheuses qui défendent l'accès de front au pic. Un peu essoufflés, ils débouchent sur un terrain déboisé, une pente caillouteuse où parviennent à percer ces plantes parfumées qu'on dirait sèches et dont raffolent chèvres et moutons. En haut de ce pâturage, un abri de pierres à demi effondré, recouvert de quelques planches rongées par les lichens, s'appuie à d'énormes blocs qui le protègent des chutes d'éboulis. Devant lui, se dresse un foyer rudimentaire.

Très guide de musée, le brigadier commente la visite :

— C'est ici même que la victime a été découverte, aux environs de sept heures hier matin, par deux membres de la communauté à laquelle elle appartenait, et qui étaient partis à la recherche de leur camarade. Leurs dépositions sont au dossier.

Il montre l'emplacement, silhouetté sur le sol, partie à la craie, partie à l'aide de petits cailloux blancs, et poursuit :

— Nous avons marqué l'endroit avec les moyens du bord. Le corps était allongé à plat ventre. Ainsi que vous pouvez le constater, la tête était près du foyer, la face contre le sol, les pieds surélevés à cause de la déclivité. L'arrière du crâne, visible, était défoncé, très probablement à l'aide d'une grosse pierre, comme il n'en manque pas ici, et sur laquelle nous avons pu relever des traces de sang et quelques cheveux collés. La pierre a été placée sous scellé transparent, après les prélèvements destinés au légiste. Vous pourrez la voir au greffe du tribunal si vous le souhaitez, mais je doute qu'elle puisse vous apprendre grand-chose. Il est impossible d'y relever des empreintes digitales, voyez vous-mêmes. Ah ! j'oubliais : elle pèse 740 grammes et présente uniquement des arêtes aiguës. Un seul coup a certainement suffi, et il semble qu'il ait été donné par-derrière. Je pense que le rapport médico-légal le confirmera. Bien entendu, l'accident est exclu : il y a plus de cinq mètres entre la partie du corps qui en est la plus proche et la pierre découverte par mon gendarme, à ce point précis. Après avoir frappé, le meurtrier a dû la jeter là.

Il montre. Il n'est pas nécessaire de sortir dans la botte d'une école de police réputée pour suivre les explications du brigadier, et voir que chute accidentelle et suicide sont impensables. Il s'agit bien d'un crime.

— Tout cela, bien entendu, a été photographié.

Le capitaine intervient :

— Un point paraît intéressant dans les constatations faites. Une gamelle en tôle était posée sur le foyer, pleine de soupe. Il s'agit d'un objet assez courant, muni d'une anse pour le transporter. Son couvercle était retourné sur les pierres, non loin du foyer. Les deux premiers témoins — si l'on peut dire, il s'agit des auteurs de la découverte — ont déclaré que le contenu de la gamelle, de la soupe de légumes épaissie au pain, provenait de leur communauté et avait constitué leur repas de la veille au soir. La victime faisait réchauffer sa nourriture au moment où elle a été tuée.

— Ou s'apprêtait à la faire réchauffer, note

Contat. Peut-être aussi avait-elle posé sa gamelle sur le foyer en arrivant au pâturage et n'avait-elle pas encore préparé son feu ? Impossible à dire, il n'y a que des braises froides qui peuvent dater de n'importe quand depuis la dernière pluie.

— Elles étaient parfaitement froides à notre arrivée, précise le brigadier, nous nous en sommes assurés, mais vous avez raison, cela ne signifie rien.

— Eh bien ! Si le légiste compte sur l'état de la digestion pour fixer l'heure de la mort, il risque d'être déçu ! En plus, c'est la même soupe que la veille ! et peut-être qu'au petit déjeuner ! Il n'est pas gâté, le pauvre ! constate Villemain désabusé. Au mieux, il nous donnera un créneau possible de trois à quatre heures. Si encore on pouvait savoir à quel moment de la journée pouvait manger ce pauvre type... Dites-moi, brigadier, la soupe était-elle brûlée au fond de la gamelle ? Parce que, si elle a attrapé, il y a eu du feu dessous...

Hélas ! l'ustensile a été rendu aux membres de la communauté qui avaient voulu le récupérer.

— Espérons que le préposé à la vaisselle pourra se souvenir ! dit Contat.

— Toujours optimiste ! grogne Villemain. Tu ne changeras jamais ! Tu te figures que les hippies font la vaisselle ?

— Ce ne sont pas vraiment des hippies, rectifie le capitaine. Dans leur bergerie, on ne peut pas dire que ce soit crasseux. C'est sommaire, une ruine retapée, mais pas crasseux. Il s'agit d'une communauté de quelques membres, installée depuis bientôt trois ans à proximité du village, qui vit d'un petit troupeau de chèvres et de la fabrication de menus objets en bois sculpté vendus aux estivants sur le marché de Digne. Ils vendent aussi en saison des bouquets de lavande ou de plantes aromatiques sauvages. On n'a jamais signalé le moindre incident, ni entre eux ni avec le voisinage.

Il y a un silence, puis le brigadier reprend :

— La victime ne s'attendait probablement pas à être attaquée. Si elle s'était sentie en danger, elle aurait pris son bâton. Mais nous l'avons retrouvé appuyé contre le mur de l'abri. Un gros bâton noueux sur lequel une tête de femme avait été sculptée au couteau. Nous savons que c'est le sien, ses compagnons l'ont reconnu. Il a été décoré par l'un d'entre eux qui le lui a donné. Du joli travail. Mais comme il ne présentait aucun intérêt pour l'enquête, et ne portait que les empreintes de la victime, nous l'avons restitué, sur accord du juge bien sûr.

Cette fois, il prend ses précautions, le brigadier, marri qu'il est d'avoir vu sa compétence et sa minutie mises en doute. C'est trop facile, après coup, de critiquer !

— En nous fondant uniquement sur les constatations, reprend le capitaine, nous en sommes arrivés à l'hypothèse suivante sur le déroulement du crime : d'après la position du corps, la nature et la localisation de la blessure, la victime devait se tenir accroupie devant le foyer, face à la pente. C'est, aux dires de ceux qui l'ont connu, une posture qui lui est familière. Le coup semble avoir été porté par quelqu'un placé plus haut qu'elle. Or l'homme était de taille relativement élevée, 1,84 m. Après quoi, il a basculé vers l'avant, à cause de la déclivité, pour tomber à plat ventre, dans la position où nous l'avons trouvé. Souvenez-vous aussi, la pierre a atteint l'arrière du crâne. Le criminel aurait ainsi été placé debout, derrière lui, c'est-à-dire côté amont, vers l'abri. Il est donc peu vraisemblable, voyez le terrain et l'instabilité des pierres qui en constituent l'essentiel, qu'il ait pu s'approcher sans faire le moindre bruit, ramasser la pierre, et tuer. Je pense, et c'est au moins probable, que la victime connaissait la présence dans son dos de son futur assassin, et ne voyait aucune raison de se méfier de lui. De là à affirmer qu'il savait qui il était, il reste un pas, mais l'hypothèse ne peut être écartée.

— Vous pouvez sans danger franchir le pas, remarque Villemain, un brin perfide. A part le crime ayant pour mobile le vol, on ne connaît guère de criminels et de victimes inconnus l'un de l'autre... Et j'imagine mal ce qu'on aurait pu vouloir voler à ce clochard...

— C'est pour cette raison, dit le capitaine, que je n'ai pas envisagé que le corps ait pu être déplacé. Néanmoins, c'est une possibilité qu'on ne peut totalement écarter. D'après ce que j'en ai vu, j'exclus que la pierre ait pu être lancée. Il s'agit d'un coup porté pierre à la main. Bien entendu, le légiste devra le confirmer.

Contat change de sujet :

— Vraiment aucun élément d'identification ?

— Rien. Ni sur lui ni dans son baluchon, pas de papiers, pas de lettres, pas de photos. Pas de passé connu de ses compagnons avec lesquels il ne vit que depuis peu. Nous attendons les réponses aux demandes adressées aux divers fichiers en ce qui concerne ses empreintes. Les vérifications sont également en cours aux disparus et aux recherches dans l'intérêt des familles. Toutes les diffusions ont été faites, il ne nous reste plus sur ce point qu'à attendre.

— Encore une question. Y a-t-il beaucoup de passage par ici ? Je veux dire où nous nous trouvons...

— Sur le sentier du pic de Couar, beaucoup. Vous avez vu les voitures sur la place d'Archail, la plupart appartiennent à des excursionnistes. Par contre, cette trace par laquelle nous sommes arrivés ici même ne mène en fait nulle part. Elle n'est fréquentée qu'à l'automne par les chasseurs et les amateurs de champignons. L'entonnoir d'érosion que vous voyez n'est pas de nature à tenter les alpinistes. Il faudrait le contourner pour aborder de face les falaises sommitales dont le rocher est peu sûr : une ascension périlleuse pour un maigre résultat. Non ! pour venir jusqu'ici, il faut vraiment le faire exprès, on n'y passe pas par hasard. Une preuve encore, s'il en fallait : vous savez comme moi à quel point c'est rare, mais nous n'avons pas eu un seul curieux dans les jambes. Un journaliste local, hier après-midi, c'est tout.

Le capitaine marque un temps d'arrêt.

— Pour peu que l'actualité s'empare de ce petit mystère, ses photos se vendront comme des petits pains. Il paraît que le crime ne paie pas, c'est notre métier de le croire, mais il faut reconnaître qu'il peut parfois rapporter...

Tout bien pesé, il plaît assez à Villemain, ce gendarme.

V

Jeudi 10 juillet 1980 — 13 h 45

Villemain et Contat, sur la recommandation des gendarmes, ont pu se faire servir un repas dans l'unique café d'Archail. Ils auraient souhaité s'installer sur la petite terrasse en contrebas, près du lavoir communal où l'eau coule très froide, mais les villages de montagne comptent autant d'écuries que de maisons, et qui dit écuries dit mouches. Aussi se sont-ils réfugiés, après le pastis de tradition, dans la petite salle obscure et fraîche, pour y savourer un jambon du pays et une omelette aux champignons — les conserves de la patronne — suivis d'un fromage de chèvre.

Réconfortés, ils ont rejoint la salle d'école mise à leur disposition par le secrétaire de la mairie, où le premier souci de Contat a été de se déchausser pour masser ses orteils douloureux.

— Ils sont fichus, mes souliers ! constate-t-il, navré. Quatre cents francs, il n'y a pas trois mois, tu te rends compte ? On est bien, avec nos frais de déplacement...

Villemain ne se donne pas la peine de compatir. Il s'est assis à la table de l'instituteur, la seule à pouvoir convenir à son gabarit, et y a éparpillé le dossier remis par le brigadier.

— Cesse de pleurnicher dans tes chaussettes ! On n'a pas de temps à perdre ! Viens voir les photos !

Après un sifflement admiratif, il poursuit :

— Dis donc ! Ils ne se refusent rien, tout en couleurs ! Et du bon travail, c'est sûr. On a beau dire, ce sont quand même des professionnels !

Professionnel. D'un emploi très général, ce mot est l'un des deux qui constituent le vocabulaire laudatif de l'inspecteur divisionnaire. Le second terme est « flic », tantôt substantif, tantôt adjectif invariable, parfois même adverbe, mais il ne peut s'utiliser que dans un domaine spécifique.

— Il était assez beau gosse, ton hippie, remarque Contat, en examinant une épreuve du visage, trois quarts gauche, de la victime.

De fait, le front est plutôt haut, le nez droit, l'arcade sourcilière nette, mais le dessin des lèvres donne une impression de mollesse, pour autant qu'on puisse les distinguer entre la barbe inculte châtain clair et la moustache aux reflets roux. Les yeux sont fermés — c'est la photo d'un cadavre —, mais on sait qu'ils étaient gris-vert. L'ensemble ne dénote pas une très forte personnalité. Quant au style, il appartient à ce que Villemain englobe sous l'appellation générique de hippie.

Les vêtements, jean délavé percé à un genou, pull-over noir informe porté sur une chemise à carreaux, brodequins en toile à semelle de caoutchouc cranté, dénotent un long usage et un total mépris de l'élégance.

— Les nippes sont parfaitement assorties à la tignasse. A croire que ce type voulait vraiment prouver au monde entier qu'il était un minable... Tel est le commentaire de Villemain.

Une autre série de photos montre d'abord une vue d'ensemble du pâturage, tel que les inspecteurs l'ont découvert à leur arrivée, puis un très bon plan de la scène du crime proprement dite, où l'on distingue à la fois l'abri, le foyer, le corps, et le point précis où a été trouvée la pierre ayant servi d'arme, chacun de ces éléments cerné d'un trait au marqueur rouge, et numéroté. Du même point, au téléobjectif, l'opérateur a pris trois clichés représentant les trois premiers détails encadrés. On voit, contre le mur de l'abri, le bâton appuyé, la gamelle sur les pierres du foyer et son couvercle placé un peu plus bas, le corps étendu à plat ventre, face contre terre à peine basculée sur la joue droite. Un très gros plan présente, sur une pierre aux arêtes vives, des traces brunâtres de sang séché et une petite touffe de cheveux. La blessure elle-même fait l'objet d'une image particulièrement réaliste même pour les yeux les plus blasés. Un plan des lieux enfin, orienté et détaillé, sur lequel des numéros renvoient à une légende et à la série de photographies, complète les éléments figuratifs du dossier.

— Comme si on y était, apprécie Contat en connaisseur. Ce ne sera pas la peine de s'infliger la lecture du pensum.

Le pensum, en jargon de métier, est le procès-verbal détaillé des constatations, trois bonnes pages dactylographiées sans interligne — c'est la règle — où tout est décrit par le menu, selon des formules stéréotypées qui font sourire le lecteur non initié.

Après le pensum, la procédure des gendarmes comporte les premières auditions, celles des deux membres de la communauté qui ont découvert le corps et donné l'alerte. Là, il n'est plus question de faire d'impasse, tout doit être scruté, pesé.

— Tu fais la lecture, décrète l'ancien.

Docile, Contat s'exécute. C'est dans les habitudes.

— Bon, le premier...

Le premier se nomme Bermann, prénom Benjamin, trente-quatre ans, se dit sculpteur, célibataire. Il réside depuis la fin de l'été précédent au sein de cette communauté mi-artistique, mi-pastorale. Il raconte que, la veille au soir :

— Pour nous, c'est donc avant-hier, précise Contat.

La veille au soir donc, ses compagnons et lui se sont étonnés de ne pas voir rentrer Jean-Benoît, parti aux premières heures du matin conduire les chèvres au pâturage. Surpris, mais pas vraiment inquiets pour leur camarade, garçon à la fois imprévisible et renfermé, depuis très peu de temps greffé sur leur groupe. Ennuyés par contre pour les bêtes, habituées à leur traite du soir et dont le lait, transformé en fromages, constitue l'un de leurs principaux moyens d'existence. Cependant, Jean-Benoît n'étant pas néophyte en matière de chèvres a pu décider de traire sur place, il l'a déjà fait et il existe des récipients à cet usage dans l'abri. La nuit étant venue, ils ont décidé de n'entreprendre des recherches que le lendemain matin.

Dès le lever du jour, Benjamin, en compagnie de Bertrand, a donc pris le chemin du pâturage le plus usuel en ce début de l'été. C'est en y arrivant qu'ils ont découvert le crime, vers six ou sept heures, sans plus de précision : vivant au gré du soleil, ni l'un ni l'autre n'a de montre.

Bertrand, marcheur plus rapide, est redescendu au village pour téléphoner à la gendarmerie. Lui, Benjamin, est resté sur place à rassembler les chèvres et les soulager de leur lait. Puis il a attendu en méditant.

— Le procès-verbal ne dit pas quel a été l'objet de ses méditations ?

— Très drôle... Tu pourrais jouer les Hamlet devant le crâne défoncé d'un de tes amis ? Non ! Le P.-V. ne dit rien à ce sujet.

— Et l'autre, Bertrand ?

Contat parcourt rapidement l'audition de Bertrand Laurier, sans profession, exerçant occasionnellement l'emploi de berger, célibataire, demeurant à Archail. Elle ne fait que confirmer, méditations mises à part, les dires de Benjamin.

— Pas de quoi pavoiser ! commente Villemain. On n'en sait pas plus long que ce matin... Bon ! Il est trois heures, on va se répartir le travail sur place. Toi, tu fais les hippies. Avec ta tignasse, tu seras dans la note, ils seront sûrement plus à l'aise qu'avec moi. Qui se ressemble... Pour ma part, je vais essayer de glaner quelque chose auprès des paysans...

— Qui se ressemble...

— Idiot ! Rendez-vous au café, le premier arrivé attend l'autre. N'oublie pas la gamelle, ça pourra peut-être servir.

VI

Jeudi 10 juillet 1980 — 18 h 30

Pour Villemain, le bilan de son après-midi d'enquête relève davantage, comme il l'avait prédit, de la glane que de la moisson. C'est donc lui qui attend, sur la terrasse du café du Couar maintenant à l'ombre, et à peu près désertée par les mouches.

Lorsque Contat arrive, il n'est pas loin de 7 heures du soir.

— Tu as quelque chose ?

— C'est beaucoup dire, assez pour éclairer quelques personnages et déblayer un peu. Et toi ?

— Maigre... Tellement qu'il vaut mieux que je commence. Inutile de te détailler client par client. Je te fais un lot !

Villemain a rencontré une dizaine de personnes, pour tenter d'approfondir trois points de l'affaire : le crime proprement dit, les touristes, et la communauté.

Sur le crime, c'est plus que sommaire. Les

villageois sont au courant, ils connaissent de vue la victime, depuis peu d'ailleurs. Aucun ne semble lui avoir parlé, personne n'a vu personne lui parler, certains ont noté qu'il savait conduire les chèvres, et il paraît que ce n'est pas facile. Tous connaissent l'endroit où le meurtre a été commis. L'impression dominante est que l'affaire ne les concerne pas ; elle est extérieure au village. Personne n'a rien remarqué, sauf l'un d'eux qui aurait vu l'avant veille, en fin d'après-midi, des corbeaux tourner en rond approximativement au-dessus du pâturage. Il a pensé, mais sans y attacher la moindre importance, à la présence d'une charogne.

Question touristes, la saison bat son plein. Tous les jours, quatre, cinq, six voitures déversent leur cargaison sur la place, se garent n'importe comment, provoquant des palabres. Mais rien ce jour-là, comme par hasard. Elles arrivent entre six et huit heures du matin, parfois plus tôt. Certaines repartent avant midi, ce sont celles des bons marcheurs. Les autres descendent beaucoup plus tard, trimbalant un impressionnant matériel de pique-nique ; beaucoup n'auront pas dépassé la source du pas d'Archail.

Impossible de savoir combien il y avait de voitures avant-hier. Les immatriculations ? Var, Vaucluse, Bouches-du-Rhône ou locales, comme d'habitude. Peut-être y a-t-il eu ce jour-là, un excursionniste isolé, arrivé très tôt et que personne n'a vu repartir... Sa voiture ? Certainement un modèle courant, puisqu'il n'a pas retenu l'attention...

— Un solitaire, commente Contat, ça peut être intéressant, je ne vois pas du tout ce meurtre commis par un groupe, ce n'est pas l'ambiance de l'affaire. Un solitaire vêtu en excursionniste, que personne ne remarque parmi les autres, qui sait pouvoir rencontrer sa future victime juste là où elle se trouve, puisqu'il emprunte la trace qui ne mène qu'au pâturage. De là à ce que le juge chasseur de têtes pense à la préméditation...

— D'accord pour le solitaire. Mais l'hypothèse touriste ou excursionniste n'est pas la seule, je te le rappelle. Et, dans ce cas, pas de préméditation : on ne prémédite pas de tuer au moyen d'une pierre ramassée sur place. On peut par contre envisager que le futur criminel, ignorant sans doute qu'il va devenir un criminel, soit venu là dans le but de rencontrer ce Jean-Benoît, qu'il sait où trouver ; s'il avait demandé son chemin, j'aurais — ou tu aurais — entendu parler de son passage...

— Et le crime fortuit, la querelle qui dégénère entre gens de rencontre ?

— On ne peut l'exclure a priori, encore que deux éléments le rendent improbable. Primo, la chasse est fermée, il est trop tôt pour les champignons, qui serait allé se promener sur une trace qui ne mène nulle part ? Je t'accorde que ce n'est pas déterminant, le hasard existe. Mais en outre, si le raisonnement des gendarmes est correct, comme je le crois, car c'est le seul qui cadre avec toutes les constatation matérielles, sauf une, la victime était accroupie quand elle a été frappée par-derrière. Dans ces conditions, la dispute tournant au vinaigre ne tient pas : on ne se dispute pas violemment assis sur les talons...

— Tu considères comme établi que victime et meurtrier se connaissaient ?

— Comme dans 99 % des meurtres n'ayant pas le vol pour mobile direct, ainsi que j'ai eu l'honneur de le rappeler ce matin au capitaine. Je croyais que tu écoutais ?

Contat ne relève pas, et suit son idée :

— Ils se connaissaient donc, et Jean-Benoît pensait n'avoir rien à redouter de son visiteur.

— Tout juste !

— Et le touriste solitaire, s'il existe ? Quelqu'un aurait-il eu l'occasion de le rencontrer ?

— J'y ai pensé en t'attendant. Nous pourrions essayer de retrouver à Digne des gens qui ont fait l'excursion du Couar le 8 juillet, c'est notre seule chance de ce côté.

Villemain, au cours de l'après-midi, s'est également préoccupé des relations existant entre le village et la communauté. D'un côté, un groupe social très traditionnel, où toutes les familles se connaissent depuis des générations, s'allient ou s'opposent, mais en vase clos. De l'autre, une poignée de chevelus, hommes et femmes, déracinés. Il n'y a entre les deux groupes rien de commun, à part le voisinage. La situation idéale pour faire bavarder, s'était dit l'inspecteur, et il avait vu juste. Pour parler, ils ont parlé...

Mais ils n'ont parlé que de ce mode de vie inconcevable, extravagant, avec des sourires entendus, voire paillards chez les hommes, ou hypocritement offusqués chez les femmes.

— Ça couche tous ensemble, monsieur l'Inspecteur, vous vous rendez compte ? C'est du propre ! Faut être sans vergogne pour faire ça ! a claironné une commère. Même qu'au début, quand ils se sont installés, il y a eu deux ou trois pistachiers [1] de chez nous qui sont allés virer autour. Demandez donc au Victor, il vous dira, s'il ose !

La verve de son ami fait rire Contat.

— Elle n'a pas l'air très libérée, ta commère. Et le Victor pistachier ?

— Victor le pistachier n'est autre que le secrétaire de mairie. Il m'a expliqué qu'il avait eu, ès qualité, des relations suivies avec les fondateurs de la communauté lorsque celle-ci s'est installée non loin du village, avec l'autorisation du conseil municipal, dans une bergerie abandonnée sur un terrain en déshérence. Seul Bertrand Laurier appartenait au groupe initial. Les autres sont partis les uns après les autres, mais ont été remplacés par de nouveaux arrivants. Le groupe se renouvelle en permanence, il y a un mouvement continu de visiteurs dont nul ne peut prévoir

---

1. Pistachier : coureur de jupons en jargon haut provençal.

s'ils resteront. En tout cas, la cohabitation village-communauté est d'autant plus pacifique que les relations sont pratiquement inexistantes. Jamais le moindre incident, ni la moindre provocation de part ou d'autre. Restent les deux filles, mais ce ne sont plus celles qui semblaient avoir agité les mâles du cru. Il n'y a plus de jeunes garçons pour jouer les coqs de village, tous travaillent au loin, on ne les voit que de temps en temps. Quant aux pistachiers d'Archail, on leur en prête plus qu'ils n'en disent, et ils en disent plus qu'ils n'en font...

— Comme partout. En résumé, personne du pays n'avait le moindre mobile pour commettre ce meurtre.

— Aucun mobile apparent. Une chose est certaine : si Jean-Benoît avait un ennemi parmi les gens d'ici, il n'a guère mis de temps à se le faire.

— A moins que les causes soient antérieures à sa venue... Non ! Ça ne tient pas !

— Je peux savoir pourquoi ?

— En admettant que le meurtrier ait d'une part un lien quelconque avec le village et soit d'autre part animé par des sentiments assez forts pour le pousser au meurtre, quelque chose, n'importe quoi, se serait produit au cours des semaines écoulées que, soit les paysans, soit les membres de la communauté auraient certainement remarqué. Ça fait du bruit, un crime, dans un petit village, les langues marchent bon train, nous aurions eu des échos...

VII

Jeudi 10 juillet 1980 — 19 h 10

— A ton tour ! dit Villemain.

Contat s'est rendu, lui, à la bergerie qui abrite la communauté, à cinq ou six cents mètres du village, sur le chemin du Couar.

C'est un bâtiment assez vaste, construit sur un terrain en pente, de sorte qu'on accède de plain-pied à ses deux niveaux. En bas, l'écurie ; au-dessus, l'habitation. En pignon, sous le toit à deux pentes de bardeaux rafistolés de vieilles tôles, une ouverture munie d'un palan permet d'engranger paille et foin en prévision de l'hiver, lorsque la neige interdit de sortir les bêtes.

Le confort est plus que sommaire. Outre la porte, la pièce n'est éclairée que d'une petite fenêtre à travers laquelle passe le tuyau du poêle à bois. Sur une étagère, quelques ustensiles de cuisine. Des bat-flanc de bois garnis de paillasses et recouverts de sacs de couchage constituent la literie. Une bâche suspendue aux poutres du plafond isole un angle, sans doute le coin toilette.

Une fille superbe, accoutrée d'une manière invraisemblable, lui a fait très cérémonieusement les honneurs de la maison. De toute évidence, il était attendu par la communauté rassemblée. Seul Bertrand, parti avec les bêtes, manquait. Les présentations ont été brèves :

— Je m'appelle Valérie. Voici Benjamin, Claude, Norbert et Vincent. Je pense que vous voudrez nous voir tous, ensemble ou séparément, cela dépend de vous, nous sommes à votre disposition.

Dans ce milieu marginal, Contat s'attendait à rencontrer des réticences marquées, voire une hostilité a priori envers le symbole d'autorité qu'il représente ; il n'en est rien, l'accueil n'est ni plus ni moins réservé qu'en milieu bourgeois.

— Pour tirer le meilleur parti de cette situation, explique Contat, j'ai décidé de les travailler en groupe sur la question de l'identification de la victime, où les interférences offrent en somme plus d'avantages que d'inconvénients, et de les prendre ensuite à part, un par un.

Jean-Benoît était le plus âgé, trente-cinq ans au moins, et le membre le plus récent. Il était arrivé, entre le 12 et le 15 juin, un beau matin vers 11 heures, avec pour tout bagage un baluchon roulé dans son sac de couchage.

— Je suis Jean-Benoît, avait-il déclaré. Je connais un peu les chèvres, je peux rester ? Merci !

Il avait posé son paquet sur une paillasse vacante, ouvert son sac, déplié quelques hardes, et c'était tout. Jamais il n'avait rien révélé sur lui-même, ni fait la moindre allusion à son passé, d'où il venait, où il allait. Il lui arrivait parfois de prendre part aux conversations de la veillée ; certainement instruit, érudit même sur certains points, il évitait avec soin de se livrer, cachait tout ce qui aurait pu révéler sa personnalité.

Telle était du moins l'opinion de Claude, la seconde fille du lot, une petite brune de vingt-cinq ans, pas jolie mais fraîche et souriante, une éternelle cigarette éteinte collée aux lèvres.

— Il n'aurait pas eu grand-chose à révéler, avait contredit Benjamin ; il ne savait que répéter des idées toutes faites trouvées dans des bouquins, pas forcément les meilleurs, et s'y accrochait comme à des bouées de sauvetage, incapable sans doute de s'en fabriquer tout seul.

— Vous êtes sévère, avait remarqué Contat.

— Pas du tout ! J'ai appris à observer, je ne me reconnais pas le droit de juger. Jean-Benoît était un compagnon qui avait choisi de se joindre à nous, prenait sa part de notre vie de tous les jours, s'était intégré selon son désir.

— Il se conformait à vos règles ?

— Nous n'avons pas de règles, inspecteur. Chacun vit ici comme il l'entend, travaille s'il le désire, passe une journée à méditer si tel est son bon plaisir. Nul ne lui demande rien.

— Mais il faut bien au moins quelqu'un qui s'occupe des chèvres, les faire paître, les traire, nettoyer l'écurie...

— Bien entendu, et il y a toujours quelqu'un pour s'en occuper, avait précisé Valérie, comme il y a toujours quelqu'un pour faire à manger, fabriquer le fromage ou tenir le stand au marché. Mais cela ne nécessite pas un code.

— Nous avons adopté une forme de ce que nous croyons être la liberté, avait expliqué Norbert. Nous n'avons d'obligations que vis-à-vis de nous-mêmes, celles que nous nous créons. Viennent ici ceux qui veulent, ils y restent tant qu'ils s'y sentent bien dans leur peau, s'en vont quand ils le désirent et sans que personne leur demande rien.

— C'était le cas de Jean-Benoît ?

— C'est ainsi qu'il est venu. Peut-être était-il plus solitaire que d'autres, il aimait particulièrement emmener les bêtes à la montagne — il était bon chevrier, aussi bon que Bertrand — et y passer la journée sans parler à qui que ce soit. A la bergerie même, au milieu de nous, il était capable de rester des heures assis sur ses talons, comme en dehors de l'espace et du temps.

— Jamais il ne vous a rien dit de lui ?

— Jamais, mais nul ne lui a jamais posé de question. Ce n'est pas dans nos habitudes. Beaucoup parmi nous sont secrets, c'est leur droit. Si l'un éprouve un jour le besoin de parler de lui, c'est qu'il se sent mal dans sa peau. Alors, en général, il ne tarde pas à partir...

Benjamin marque une pause et reprend :

— Je comprends que l'identification de Benoît

vous préoccupe, et je ne demanderais pas mieux que de vous y aider. Il en irait tout autrement, je ne vous le cache pas, s'il avait choisi de mourir. Nous avons d'ailleurs longuement parlé entre nous de cette question d'identité, et recherché dans nos souvenirs tout ce qui aurait pu vous servir. Mais nous n'avons rien de mieux à vous apporter qu'une remarque anodine faite un jour à propos de ce que broutent les chèvres dans cette région : il a dit qu'elles aimaient les mêmes plantes qu'en Auvergne.

— Merci, c'est mieux que rien. Je voudrais encore vous poser deux ou trois questions. La première : pouvez-vous me dire s'il recevait du courrier ?

— Ici, jamais. D'ailleurs, à quel nom ? Et jamais il n'est allé à Digne où il aurait pu à la rigueur en retirer poste restante... Il n'avait pas de papiers, les gendarmes ont cherché en vain.

— Il ne voulait pas aller à Digne ?

— Je n'en sais rien, je constate qu'il n'y est pas allé et n'a jamais manifesté le désir de le faire. Du moins devant moi.

Les autres confirment d'un signe de tête.

— Une autre question. Qui d'entre vous a lavé la gamelle qu'avait emportée Jean-Benoît ?

— C'est moi ! a répondu Norbert.

— Pouvez-vous me dire si le fond de la gamelle était brûlé, si la soupe avait attrapé, comme on dit ?

— Il ne l'était pas, j'en suis certain. Puis-je savoir pourquoi ?

— Certainement ! Pour essayer de fixer l'heure du crime, il est important que nous sachions si votre compagnon avait ou non allumé le feu pour réchauffer son repas. La gamelle ayant été retrouvée sur le foyer, et son contenu n'ayant pas brûlé, Jean-Benoît avait été tué avant l'heure de son repas. Si je pouvais savoir quand il avait coutume de manger, j'aurais une précision supplémentaire intéressante.

— Comme la plupart des chevriers, à l'heure où le soleil est au zénith. A ce moment il fait très chaud, les bêtes sont calmes et n'ont guère besoin de surveillance. Donc, selon votre montre, aux environs de deux heures de l'après-midi...

Tandis que Contat reprend son souffle en sirotant une gorgée de pastis, Villemain rumine les informations recueillies.

— Donc il devait être mort à une heure et demie au plus tard, puisqu'il n'avait pas encore préparé son feu, pas même les brindilles d'allumage.

— Sa provision de bois était à portée de main, souviens-toi de la photo. Ce que je ne comprends pas, dans ces conditions, c'est pourquoi le couvercle se trouvait près de la gamelle et pas dessus : le pâturage pullule de mouches, elle aurait dû être couverte.

— C'est justement le point des constatations

ON ÉCRASE BIEN LES VIPÈRES...

matérielles dont je te disais tout à l'heure qu'il ne cadre pas avec le reste...

Villemain médite un moment et reprend :

— On verra ça plus tard ! Tu as dit qu'il n'allait jamais à Digne. As-tu cherché à approfondir ce point ? Avait-il l'air de connaître la région, simplement d'y être venu ?

— J'allais y arriver, c'est une question que j'ai élucidée en partie. Tu vas voir...

VIII

Jeudi 10 juillet 1980 — 19 h 30

Après la réunion en séance plénière, Contat avait mené une série d'entretiens particuliers avec chacun des membres du groupe, pas vraiment des auditions judiciaires détaillées, mais des conversations où la technique consiste moins à interroger qu'à faire et laisser parler. Le papier — il en faut — ne viendrait que plus tard.

Il avait donné la priorité à Benjamin, en sa qualité apparente de responsable de la communauté, fonction vigoureusement récusée par l'intéressé :

— Il n'y a pas de gourou parmi nous ! C'est d'ailleurs pourquoi notre communauté se renouvelle, la plupart de ses membres ne passant ici qu'une période limitée. Le seul qui soit là depuis l'origine est Bertrand, et je ne suis pas certain qu'il reste pour des raisons philosophiques : il est tombé amoureux de ce pays qu'il passe une bonne partie de son temps à peindre.

— Je n'ai pas vu de toiles à la bergerie ?
— Vous n'en verrez pas. Il les lave ou les détruit presque aussitôt achevées, il ne les trouve pas à son goût...
— Et vous ?
— Je crois vous avoir dit que je ne juge jamais. En plus, je ne comprends pas grand-chose à la peinture...
— Votre hobbie, à vous, c'est la sculpture ?
— Mon hobbie, pour tout vous dire, c'est ma présence actuelle au sein de cette communauté. Beaucoup plus que la sculpture, simple jeu des mains et de l'esprit, où n'entre pour moi nulle affectivité.

Benjamin est assistant à la faculté des sciences humaines de Montpellier, agrégé de philo, docteur en psychologie, en disponibilité pour convenances personnelles. Ecœuré de tourner en rond dans le monde clos de l'université, il décide de prendre du recul et de s'offrir un congé sabbatique, comme en revendiquent aujourd'hui les syndicats de cadres. Cela fait un an.

— Je te rappelle que nous ne sommes pas ici pour faire un reportage sur les communautés d'artisans ou de bergers, proteste Villemain. Pas plus que sur les motivations de leurs membres. C'est très intéressant, mais nous enquêtons sur un meurtre !
— Tu as raison, mais ce type m'a vraiment captivé, au point d'en perdre le fil. Et si tu entendais la fille...

Contat laisse sa phrase en suspens, soupire...
— Bon ! Je reprends. J'ai quand même réussi, rassure-toi, à poser quelques questions, à la recherche d'un éventuel mobile, d'une rivalité, n'importe quoi... Lorsque j'ai demandé à Benjamin si Jean-Benoît avait une liaison au sein du groupe, il a ri de mon vocabulaire, et m'a conseillé de poser la question aux filles, mieux à même de me répondre. Il n'y a dans la communauté rien, à sa connaissance, qui ressemble à une aventure sentimentale. Entre filles et garçons, les rapports sont très libres, et la jalousie, comme me l'a expliqué Valérie, fondée sur un intolérable droit de propriété que la femme s'arroge sur l'homme, ou l'homme sur la femme, n'a pas cours parmi eux.

— Il faudra que tu viennes un de ces soirs expliquer ça à la mienne, dit Villemain sans rire. Elle se figure que nos déplacements servent d'alibi à la gaudriole... Si je te suis bien, nous n'avons donc ni cœur ni fesse à invoquer pour mobile ?

— C'est l'avis de Benjamin, comme celui de tous les membres de la communauté. Ils sont persuadés que le meurtrier ne peut être un des leurs, semblables sur ce point à n'importe quel autre groupe humain. Tous au demeurant se réclameraient plutôt de la non-violence. Seul Jean-Benoît a, un soir, paru manifester de la sympathie pour les Brigades rouges italiennes, dont ils étaient venus à parler, et a évoqué les justifications idéologiques du terrorisme. Mais il se contentait, paraît-il, de citer Bakounine. Tu connais Bakounine, toi ? Il faudra qu'on se renseigne auprès des collègues de la S.T.

— Un brigadiste en rupture de ban, songe tout haut Villemain, voilà qui pourrait expliquer pas mal de choses. Règlement de comptes, exécution d'un traître ou simplement d'un défaillant, ça se serait déjà vu.

— Ne va pas trop vite ! Pas un des membres de la communauté ne l'imagine activiste dans un mouvement révolutionnaire. Il y faut une passion, un tempérament exalté que Jean-Benoît, à leurs yeux, n'avait certainement pas. Eux-mêmes, je te le rappelle, ne font pas dans l'outrance, et il était devenu l'un des leurs. En plus, as-tu déjà vu exécuter un traître à coup de pierre ?

— Alors ?

— Alors rien de positif avec Benjamin. Avec Claude non plus d'ailleurs, hormis le fait que Jean-Benoît et elle ont passé deux ou trois nuits ensemble dans les premiers temps de son séjour à Archail. Mais il ne faut rien en conclure : Claude, qui a semble-t-il du tempérament à revendre — Norbert dixit, mais elle me l'a spontanément confirmé —, déteste dormir seule et passe au banc d'essai les nouveaux venus. Elle console Bertrand chaque fois qu'il détruit un de ses tableaux. On la donne aussi pour la seule doctrinaire du groupe. Vincent le taciturne, ouvrier agricole autodidacte, et qui ne laisse à personne le soin d'élever les fromages, ironise en prétendant qu'elle codifierait volontiers l'absence de règles. Puis il retombe dans son mutisme. Il m'a néanmoins expliqué, par lambeaux de phrases inconstruites, qu'il avait beaucoup lu, puis cessé de le faire, car, doué d'une mémoire phénoménale, il lui fallait maintenant plusieurs années pour classer dans sa tête tout ce qu'il avait retenu. Drôle de personnage !

— Tu trouves que c'est le seul ? Tu m'en as présenté une jolie collection depuis le début de ton reportage. Et Valérie ?

— Ah ! Valérie ! Valérie, mon vieux, c'est la femme, la vraie, avec un F majuscule aussi gros que dans un titre à la une de *France-Soir* !

— Amoureux ?

— Ce que tu es bourgeois ! Pas du tout ! Mais admiratif, ça oui ! Très belle d'abord, si belle que le sac informe, en patchwork dont elle s'affuble, ne parvenait pas à l'enlaidir. En plus, une classe, une distinction folle...

— Au fait !

— Elle est la dernière, hors le meurtrier bien sûr, à avoir vu Jean-Benoît vivant.

Comme il faisait très chaud dans la soirée, Valérie avait sorti son sac de couchage et l'avait installé à l'abri d'un arbre. Un peu plus tard, Jean-Benoît était venu la rejoindre et s'était étendu à côté d'elle. Puis ils avaient réuni leurs sacs et fait l'amour.

— Vous étiez sa maîtresse ? avait questionné Contat.

— Pourquoi faut-il que vous interprétiez tout

en termes de possession ? Nous avons eu envie de faire l'amour, nous l'avons fait, c'est tout.

— De quoi avez-vous parlé ?

— Des étoiles au-dessus de nous, il les désignait par leur nom, il me montrait comment la lune dessinait la silhouette de certaines montagnes, le Blaïeul, les Cloches où l'on trouve des edelweiss. Il savait aussi le nom des montagnes... Vous auriez trouvé la scène abominablement romanesque !

— Vous dites qu'il appelait les montagnes par leur nom ? Celles de l'horizon ? Qui parmi vous peut le faire ?

— Bertrand sans doute, car il connaissait la région avant de venir s'y installer, mais je crois bien qu'il est le seul.

— Savez-vous si Bertrand les a désignées à Jean-Benoît ?

— Il faudrait le lui demander. S'il l'a fait, je n'étais pas présente. Qu'importe d'ailleurs le nom des montagnes, à quoi bon cette manie d'état civil pour tout et pour tous ?

— Pourtant, vous en avez retenu certains...

— Des mots accrochés au vol, sans plus.

— Pensez-vous que Jean-Benoît ait pu autrefois séjourner dans cette région ?

— Je n'y avais pas réfléchi, mais à présent, je pense que c'est probable.

— Bien ! A quelle heure Jean-Benoît vous a-t-il quittée cette nuit-là ?

— C'est moi qui l'ai quitté pour rentrer dans la

bergerie. La nuit avait fraîchi. Quelle heure ? Je ne sais pas. Mais l'est était encore tout noir.

Contat a découvert là un point important, confirmé peu après par Bertrand : la communauté ne détient pas de cartes de la région, il n'y en a pas dans le baluchon de Jean-Benoît, ils n'ont pas ensemble inventorié le panorama que lui-même dénomme de façon très fragmentaire. Un point important, certes, mais qui dans l'immédiat ne mène qu'à ceci : connaissant la région, sans doute la victime connaissait-elle aussi certains de ses habitants, sans doute était-elle connue de certains d'entre eux, on peut y voir la raison pour laquelle elle ne souhaitait pas se rendre à Digne, la volonté de ne pas renouer certaines relations... Ou plus.

— A nous de jouer, conclut Villemain en reposant son pastis vide. Dès demain, la presse régionale va réclamer sa pâture, la télé aussi peut-être. Les journalistes ne seront que trop heureux de publier une photo, avec une légende affriolante. Demain matin, on passe chez le juge d'instruction pour lui rendre compte de nos minces résultats, et on lui demande l'autorisation de faire paraître la photo du mort et de lancer un appel aux excursionnistes qui ont fait le Couar le jour du crime. On ne risque rien à essayer. Après, il faudra remonter finir la journée ici, à Archail. Parce que les conversations, c'est très bien, mais il s'agit aussi de rédiger la procédure...

Contat fait la grimace : il est passionnant d'enquêter, fouiller, gratter, cuisiner, mais après, contents ou non, les inspecteurs doivent se reconvertir en dactylographes, sur leurs machines portables. Grandeur et servitudes... Au pluriel, les servitudes !

— On va dîner à Digne, décide-t-il. Après, on pourrait peut-être aller au cinéma. J'ai vu en passant qu'ils donnaient un bon policier. Ça nous changera les idées.

IX

Samedi 12 juillet 1980 — 9 h

Villemain et Contat ont, comme prévu, employé leur vendredi à rendre visite au juge d'instruction, à préparer avec lui les informations destinées aux correspondants de la presse régionale, puis, de nouveau à Archail, à enregistrer des dépositions, vérifier des emplois du temps, poser et reposer les mêmes questions, noircir du papier, et leurs doigts, avec les carbones et les rubans usés de leurs machines à écrire.

Ce matin, les journaux rendent compte de l'affaire sans la monter en épingle, et sans imprimer de sottise majeure. La photo est parue en bonne place. Autochtones et touristes lisent régulièrement la chronique locale, les premiers pour les avis de décès, les seconds pour découvrir quelles distractions le syndicat d'initiative a bien pu concocter à leur intention. Il ne reste plus qu'à attendre les retombées. S'il y en a...

Les inspecteurs ont donc tout le temps de se

pencher sur les premiers résultats des recherches systématiques lancées par les gendarmes : un motard vient de les leur apporter dans le petit bureau de la Sûreté urbaine vacant où ils ont établi leur quartier général.

C'est d'ailleurs vite vu.

Jean-Benoît est inconnu aux sommiers judiciaires, il n'a jamais été condamné pour crime ou délit. Inconnu également au fichier central : s'il a été un jour interpellé, ses empreintes n'ont pas été conservées. Grâce à la marée de textes destinés à protéger la personne humaine contre les procédés policiers, il est impossible de coller autre chose qu'un prénom à cette victime ; le meurtrier a de bonnes chances de courir longtemps. Le progrès, c'est le progrès, celui que les avocats ont voulu et dont ils ne tarderont pas à se mordre les doigts, quand leur clientèle fondra comme glaçons dans le pastis !

Pas davantage de résultats aux R.I.F. — les Recherches dans l'intérêt des familles : nul ne paraît s'être avisé de sa disparition. Vivant, ce pauvre Jean-Benoît n'intéressait personne. Qui donc viendra se soucier de lui, mort ?

— Un cadavre et un caillou ! commente amèrement Contat. Je vois d'ici la tête du patron quand il prendra connaissance de notre tableau de chasse. Les félicitations vont pleuvoir dru...

— Un caillou qui nous indique qu'il n'y a vraisemblablement pas eu préméditation. Le cadavre d'un homme venu mourir dans un pays où il vivait depuis trois semaines et qu'il connaissait assez pour en identifier les sommets, reprend Villemain. Une victime qui connaissait son meurtrier sans le craindre. Si tu rapproches ces deux éléments, tu peux admettre que le criminel a lui aussi un lien avec la région, à moins qu'il ne soit lui-même ce lien. Un criminel qui se promène en montagne, encore un indice à ne pas négliger.

— Des suppositions, rien que des suppositions, encore des suppositions ! Si j'ai bonne mémoire, tu m'as appris à raisonner sur du concret...

— A raisonner à partir du concret. Sois juste ! mes hypothèses sont fondées sur du solide, tu ne les contestes d'ailleurs pas, tu n'en proposes pas d'autres, parce que tu n'en vois pas de plus ni d'aussi plausibles. Si la victime pouvait être identifiée, le mobile ne tarderait pas à apparaître.

Villemain penche la tête sur le côté, regarde son jeune collègue et prend son ton paternaliste le plus exaspérant :

— Va te promener cet après-midi. Pour les rares renseignements qu'on pourra nous amener, je suis aussi bien seul. Va réinterroger Valérie à Archail, je suis certain que tu as encore beaucoup à apprendre d'elle... Et au moins ce soir, au dîner, tu ne feras pas une tête à me couper l'appétit !

— Ça va ! Ça va...

Néanmoins rasséréné, Contat passe la fin de la matinée à rédiger un rapport à l'intention du patron, soumet son brouillon à l'approbation de l'ancien et le dactylographie.

Les péripéties de son après-midi sont sans aucun intérêt pour le déroulement de l'enquête.

La première visite que reçut Villemain fut celle d'une femme voulant paraître entre deux âges, bien qu'appartenant au troisième, minaudière et prolixe. Elle prétendait avoir vu « l'homme de la photo dans le journal » le matin même, faisant de l'auto-stop non loin de la gare de Digne. Comme ce ne pouvait être lui puisque, n'est-ce pas, le pauvre jeune homme est mort, il s'agissait à n'en pas douter de son frère jumeau... ou encore d'un sosie. L'inspecteur divisionnaire, sachant à quoi s'en tenir sur la valeur de ce genre de témoignages, eut toutes les peines du monde à s'en défaire poliment, enfin, presque...

Il reçut ensuite un groupe de quatre jeunes campeurs qui avaient fait le jour du crime l'ascension du pic de Couar. Partis assez tôt le matin, deux voitures seulement étaient garées sur la place du village lors de leur arrivée, une camionnette grise bâchée, genre Peugeot, et une berline standard — Renault, Peugeot, ils ne purent se mettre d'accord — pas neuve, de couleur claire, sans signe particulier.

Pendant la montée, ils n'avaient rencontré personne. Tandis qu'ils faisaient une pause au sommet, aux alentours de 10 h, ils avaient aperçu, sur la montagne pointue en face qui s'appelle le Cucuyon, un excursionniste isolé qui en descendait. Ils n'ont remarqué de lui que son sac rouge et l'assurance de son pas, alors qu'il tirait au plus court sur cette pente raide et caillouteuse. Compte tenu de la distance, ils n'ont pu préciser aucun détail vestimentaire. Non, aucun d'eux n'était muni de jumelles.

Au-dessous d'eux, deux groupes étaient engagés dans la partie supérieure du sentier ; ils se sont avérés par la suite n'en former qu'un, d'une dizaine de personnes, provisoirement scindé par des rythmes de marche différents. Ils avaient échangé quelques banalités sur la beauté du panorama par ce temps éblouissant de clarté. Comme eux, il s'agissait d'estivants, ils ne se connaissaient pas. Peu importait au demeurant : compte tenu de leur situation dans la montée, ils n'avaient certainement pas pu voir de près le promeneur solitaire du Cucuyon.

Les quatre jeunes gens avaient récupéré leur voiture vers midi et demi, après une descente rapide, et avaient regagné leur campement pour le repas. Ils y étaient avant une heure. A leur départ du village, il y avait plusieurs voitures sur la place, aucun ne pouvant dire avec certitude si celles vues le matin étaient encore là. Peut-être manquait-il la camionnette, mais ce n'était pas certain.

Le dernier visiteur devait confirmer une bonne part de ces récits. Membre du groupe de dix estivants, il était simplement venu signaler que ses camarades et lui avaient rencontré au sommet du pic quatre jeunes gens, redescendus avant eux.

Eux-mêmes avaient pique-niqué près de la source, un peu en contrebas d'une cabane de planches et rondins et n'étaient redescendus qu'après les fortes chaleurs, vers cinq heures. Il ne restait alors sur la place que leurs trois voitures. Aucun d'entre eux, à sa connaissance, n'avait de près ou de loin aperçu un excursionniste isolé.

Il n'y eut pas d'autre visite, et Villemain put s'attacher à la lecture du rapport d'autopsie que venait de lui faire parvenir, en communication, le juge d'instruction.

La victime était un homme de moins de quarante ans, relativement usé, maigre, mais sans carences apparentes, si ce n'est une dentition en mauvais état, non appareillée. Seul signe particulier, une cicatrice d'appendectomie, très ancienne ; de l'excellent travail, avait apprécié l'homme de l'art.

La mort, instantanée, avait été provoquée par un coup extrêmement violent asséné à l'aide d'un objet lourd aux arêtes vives, ayant entraîné un fort enfoncement de la boîte crânienne, aux contours irréguliers, trente-cinq centimètres carrés de surface environ, au niveau de la jonction entre l'occipital et le pariétal droit, les deux os étant également atteints. La direction des embarrures indiquait que le coup avait été porté de haut en bas, par une personne de bonne force musculaire, probablement placée derrière la victime, un peu sur sa droite, et plus haut qu'elle.

Quant à l'heure du décès, elle ne pouvait être

fixée avec précision, l'estomac étant vide, le dernier repas remontait à plus de douze heures. Compte tenu de la rigidité et dans une certaine mesure des lividités constatées dans les tissus superficiels, du fait aussi que le corps avait passé la nuit au-dehors, à une altitude de 1 400 m, isotherme approximatif de 8 à 9 degrés, le décès avait eu lieu vingt-quatre heures environ avant le début des opérations d'autopsie, avec une marge de plus ou moins deux ou trois heures.

Enfin, les cheveux prélevés par les gendarmes sur la pierre, arme présumée du crime, et mis sous sachet plastique, provenaient indiscutablement du corps examiné.

X

Samedi 12 juillet 1980 — 17 h

— C'est lui ! C'est sûrement lui ! affirme Contat quand Villemain le met au courant des résultats acquis au cours d'une demi-journée sensiblement plus laborieuse que la sienne. C'est lui ! Tout concorde ! La mosaïque, comme tu dis, est en train de se reconstituer petit caillou par petit caillou.

— Avec quand même un très grand trou, rectifie l'ancien. Nous ne savons rien du criminel, ni à quoi il ressemble, ni ce qui a bien pu se passer dans sa tête pour l'amener à tuer. C'est vite dit : c'est lui ! Lui qui ? Seuls signes connus : un bon marcheur, qui ne redoute pas de se promener seul hors des itinéraires classiques, qui possède un sac à dos rouge et peut-être une berline blanche pas neuve ou une camionnette grise.

— Tu peux éliminer la camionnette grise, ce sera ma modeste contribution au travail de la journée, elle appartient au propriétaire de la première maison à l'entrée du village. Elle y est à peu près en permanence. Je l'ai encore vue tout à l'heure et, si tu te souviens, nous l'avons croisée hier soir, elle remontait à Archail quand nous sommes redescendus à Digne.

— Reste donc la berline blanche, ou plutôt claire. Cette façon de sortir des sentiers battus me suggère aussi une autre idée, il n'y a que les originaux pour grimper au Cucuyon, m'a-t-on affirmé. Cela pourrait expliquer de sa part un détour par un sentier de chèvres, pour la simple curiosité de savoir où il conduit. Pourquoi pas ? Mais, dans ce cas, l'homme ne se serait pas rendu au pâturage pour y rencontrer sa future victime. N'oublie pas que, au moment du crime, il était sur le chemin du retour, presque arrivé au village, sa voiture à un peu plus d'une demi-heure de marche en descendant. Tout cela, vois-tu, n'est pas cohérent, ne procède d'aucune logique apparente.

— Et s'il y avait eu rendez-vous aux alentours de midi ?

— Quand et comment le rendez-vous aurait-il été pris ? Tu en es réduit à des conjectures gratuites. Une seule chose paraît probable : si tu as décidé d'aller voir quelqu'un dans un coin perdu en montagne, tu ne vas pas faire un détour à pied de plusieurs heures. Au risque de rencontrer du monde si d'aventure tu as de mauvaises intentions...

— Et la montagne ? dit soudain Contat.

— Quoi, la montagne ?
— Si l'homme aperçu dévalant du Cucuyon est bien le nôtre, peut-être est-il connu dans le milieu des adeptes de l'alpinisme. Les solitaires ne sont pas tellement nombreux, j'imagine. Dans une ville de la taille de Digne, les gens animés d'une même passion doivent se connaître. Or notre touriste a donné à ceux qui l'ont vu l'impression d'un montagnard au pied sûr. Pas d'un paysan ou d'un berger, qui n'ont pas de sac rouge. Si on jetait un coup d'œil de ce côté... Il y a bien ici un club, une organisation.

Comme chaque fois qu'une idée ne vient pas de lui, Villemain commence par contester, manie innocente :

— Tu as déjà vu des solitaires dans un club ? Et qui te dit qu'il est de Digne, ton alpiniste ?

— Mais toi, bien sûr ! Tu m'as convaincu par un excellent raisonnement que le crime avait un lien avec le pays, et que ce lien pouvait être le criminel en personne.

— Si c'est l'alpiniste solitaire... N'empêche que tu as raison. Nous sommes si démunis que nous ne pouvons laisser passer le moindre détail. D'autant plus que ton client n'a pas donné signe de vie à la suite du communiqué à la presse. S'il lit les journaux, il aurait dû se manifester. Et, même s'il ne les lit pas, un événement de cette nature ne passe pas inaperçu dans une petite ville, tout le monde en parle, tout le monde est au courant, et lui aussi.

Villemain rumine encore un moment, l'idée qui lui trotte derrière la tête ; il se décide enfin à la formuler :

— Tu vois, la seule explication du crime à laquelle il soit en définitive possible de se raccrocher, c'est l'intervention du hasard ; une rencontre de hasard entre d'anciennes connaissances, et qui tourne mal... Je téléphone au patron pour lui dire qu'on reste jusqu'à lundi.

XI

Mardi 15 juillet 1980 — 15 h

La piste, hélas ! a fait long feu.

Les véritables alpinistes solitaires sont effectivement aussi rares que le présumait Contat. Au Ski-Montagne dignois, on n'en connaît que trois, des passionnés. L'un varappe en ce moment dans la cordillère des Andes, le second passe en famille une quinzaine dans les calanques du côté de Marseille. Quant au troisième, il se déplace sur béquilles à la suite d'un grave accident : il est tombé de son cerisier...

Pour leur part, les randonneurs sont légion. Les amateurs de sorties collectives soigneusement préparées ne sont pas non plus hostiles à de petites courses en solo. L'unique groupe local compte une trentaine de membres, tous capables de mettre un beau matin sac au dos et de partir au Couar, aux Cloches ou ailleurs sans rien demander à personne. Un sac à dos rouge, bien entendu, deux fois sur trois : le rouge est facile à repérer en cas de recherches.

Et rien ne permet de recenser, encore moins d'identifier les inorganisés, au nombre desquels il convient de citer le capitaine de gendarmerie nanti d'un alibi en béton armé.

Les deux seuls marchands d'articles de sport enfin, que Villemain, on ne sait jamais, avait eu l'idée de consulter, vendent en moyenne de cent à cent cinquante paires de chaussures de montagne par an, toutes qualités confondues...

— Ça ne fait rien, dit-il à son cadet en guise de consolation, quand nous reviendrons à Digne, si nous revenons, le critère montagne sera un des éléments de l'identification du meurtrier.

Il ne reste plus qu'à mettre au point un rapport détaillé au juge d'instruction, destiné à compléter les procès-verbaux des déclarations recueillies, à récapituler les quelques résultats acquis et à en tirer les conclusions sur l'avenir possible de l'enquête.

Le magistrat ne paraît pas trop déçu, ses vacances sont à présent garanties. En outre, l'affaire n'a finalement pas fait grand bruit, les media ne bougent pas, il n'y a donc aucune raison pour que la Chancellerie, par procureur interposé, s'agite davantage. Le dossier peut sans inconvénient somnoler quelques semaines dans l'attente d'un réveil aléatoire, puis d'un classement. Tous les problèmes ne peuvent être résolus, et celui-ci ne fera que s'ajouter au nombre des laissés-pour-compte...

— Il a bien pris la chose, dit Contat. Le pauvre ! Pour une fois qu'il avait la chance de voir à l'œuvre les plus fins limiers du S.R.P.J. de Marseille, il pouvait espérer mieux !

— Ouais ! Pourvu que le patron en fasse autant !

XII

Mardi 6 janvier 1981 — 9 h 15.
Cinq mois et trois semaines plus tard.

La secrétaire vient de déposer le courrier du matin sur le bureau du directeur du S.R.P.J. de Marseille. Deux chemises.

La première pour les affaires concernant l'administration du service, la gestion, les finances, le personnel, qu'il va lire attentivement, annoter, et gentiment repasser pour exécution à l'adjoint, qui est là pour ça. Comme tout le monde, il a été adjoint avant d'être patron, il connaît les filières. A chacun son tour...

La seconde chemise est technique, elle contient tout ce qui concerne les enquêtes proprement dites.

Sauf urgence signalée par la secrétaire, il commence par la moins agréable, puis, la conscience en repos, il passe aux choses sérieuses, la raison d'être de sa vie de flic : la chasse, la traque, la capture ; au-delà, c'est l'affaire des juges.

Dans la chemise technique, il y a des documents très divers, lettres émanant de particuliers ou d'administrations, résultats d'expertises, dénonciations, demandes de renseignements des parquets du ressort, correspondances des juges d'instruction sur telle ou telle affaire. Lorsque un dossier existe déjà, la secrétaire — elle appartient au corps des enquêteurs de la police nationale et fait vraiment partie de la maison — en a indiqué les références sur un feuillet épinglé, un petit truc à elle qui fait gagner beaucoup de temps, et s'est fait apporter les dossiers dont le patron réclame communication neuf fois sur dix. Et quand il réclame, c'est toutes affaires cessantes. Aussi prend-elle ses précautions.

Ça ne rate pas. Une voix à l'interphone :

— Martine ! Le dossier de l'été dernier, à Digne, le hippie non identifié, vous voyez ? Passez-le-moi tout de suite !

— Bien patron !

Elle savoure le mot. Seuls les professionnels ont le droit de dire : patron. Les autres, les administratifs, doivent se contenter de : M. le Directeur.

Elle apporte le dossier, puis, de retour dans son bureau, décroche le téléphone intérieur et appelle Contat :

— Tu peux te préparer à une convocation chez le patron, avec M. Villemain. L'affaire du hippie de Digne rebondit. Rafraîchissez-vous la mémoire ! Salut !

— Merci, ma mignonne !

Dix minutes plus tard, Villemain et Contat font leur entrée dans le bureau directorial.

— Je suppose que Martine n'a pas pu s'empêcher de vous dire de quoi il s'agit ?

— L'affaire de Digne ?

— C'est cela ! Ce matin, au courrier, il y a une lettre anonyme à ce sujet. Lisez !

Derrière l'épaule de son ancien, Contat examine avec lui une feuille de papier du plus pur standard, portant quelques lignes de lettres bâtons au stylo bille bleu, sans suscription, date ou signature :

« Le mort sans passé d'Archail pourrait bien être un certain Benoît Rouquier, trente-huit ans, ayant vécu dans un hameau du village de Mercœur, Corrèze. »

— Alors ? questionne le patron.

— L'enveloppe ? dit Villemain.

— Postée avant-hier soir à Digne, comme vous pouviez vous y attendre. Digne est bien au cœur de l'affaire. Quant au papier, il est comme celui de la lettre, diffusé à la pelle sur l'ensemble de l'Hexagone.

— La Corrèze me dit quelque chose, remarque Contat. Le mort avait parlé de ce que mangent les chèvres en Auvergne. La Corrèze n'est pas l'Auvergne, mais ce n'est pas bien loin.

— Et cette lettre ne vous inspire rien d'autre ?

— Si ! dit Villemain. Des lettres anonymes, j'en ai vu des tas. Elles contiennent à peu près toutes des dénonciations, fondées ou non, c'est une autre histoire, et émanent de gens avant tout désireux de nuire à leur prochain sans se faire repérer. Celle-ci ne dénonce rien ni personne, elle ne nuit apparemment à personne. Son seul point commun avec les autres est le souci d'incognito de son auteur.

— Exactement. Et j'en ai conclu que l'expéditeur, primo, avait intérêt à ce que le mort d'Archail soit identifié, secundo, ne tenait pas à ce que l'existence d'un lien entre lui et le mort soit établie. Donc ce lien existe ; dans le cas contraire, l'anonymat n'aurait été d'aucune utilité.

Au risque de s'attirer les foudres du patron, Contat ne peut s'empêcher de se faire l'avocat du diable :

— Il y a des gens qui n'aiment pas qu'on s'occupe d'eux, dit-il, ils peuvent choisir l'anonymat pour préserver leur tranquillité tout en voulant aider la justice...

— Et ils attendent six mois pour se manifester ? tonne le patron. Il y a six mois que la victime est morte et enterrée, six mois que sa photo a été publiée dans les journaux, six mois que personne ne parle plus de ce pauvre type. Et il aurait fallu six mois à votre bon citoyen pour nous renseigner ! Ça ne tient pas debout !

— Et pourquoi nous renseigner nous, ici, à Marseille ? intervient Villemain, pourquoi nous plutôt que les gens de Digne ? Si c'est à nous que s'adresse ton bon citoyen, c'est qu'il sait que le service a été sur l'affaire, donc il a lu les journaux de l'époque, page intérieure, la régionale. Tu repasseras, avec ton bon citoyen ! Je suis d'accord avec le patron, l'auteur de la lettre a un intérêt certain à l'idenfication, sinon il ne l'aurait pas écrite. Quel intérêt ?

— En dépit des remarquables résultats de votre enquête sur place, persifle le patron, dont j'avais volontairement omis de vous féliciter, le juge nous a maintenu sa commission rogatoire, à toutes fins utiles. Nous sommes donc toujours dans la course. Maintenant, ne vous faites pas d'illusions ! je ne vais pas vous envoyez demain goûter aux joies de l'hiver corrézien, hors de question !

Villemain et Contat se regardent, soulagés. Les perspectives de l'hiver corrézien n'avaient pour eux rien de bien alléchant. Le patron les regarde, sans sourire :

— Je vais téléphoner au juge d'instruction de Digne et voir comment, sur le plan pratique, il entend procéder pour exploiter la piste qui nous est offerte. En attendant, vous restez sur vos dossiers en cours. Et je trouve que ça a tendance à traînailler un peu trop. De mon temps...

XIII

Mercredi 7 janvier 1981 — 10 h

Dans son cabinet surchauffé du palais de justice de Digne, le juge d'instruction frétille d'aise. Le rebondissement de l'affaire d'Archail vient à point nommé pimenter son fade menu quotidien, fait d'escroqueries à la petite semaine et de cambriolages sans envergure. Un élément nouveau, et, comme il l'a établi au téléphone avec le directeur du S.R.P.J. de Marseille, tout particulièrement prometteur.

L'intervention d'un tiers, même anonyme, même hostile, éclaire l'affaire d'un jour nouveau. A vrai dire inattendu. Ainsi la justice, avec un grand J, n'est plus seule à vouloir que la lumière soit faite sur le fait divers de l'été précédent ; d'autres s'en préoccupent, dont les mobiles sont sans doute moins désintéressés, mais à coup sûr aussi déterminants, sinon davantage.

Encore que le souci de faire châtier un coupable ne soit plus, pour le petit juge rond, le mobile fondamental. Certes, il continue de croire aux grands principes, mais un peu à la manière du catholique non pratiquant qui fait acte de foi les seuls jours de mariage, de baptême ou d'enterrement d'un proche... Au fil des ans, ses motivations — en jargon de psychologue — sont passées des hauteurs de l'éthique au terre à terre d'un jeu barbare et captivant. Celui du chat et de la souris ; et il est le chat... Un chat civilisé, de bonne famille, repu, ne gardant nul souvenir des famines ancestrales, un chat pour qui manger la souris est tout à fait secondaire. Les plus alléchantes perspectives d'avancement, y compris la robe rouge à laquelle aspirent tant de magistrats, n'ont pu le décider à sortir de son rôle d'instructeur à Digne, où les occasions de jouer le vrai grand jeu sont pourtant rares.

Et voici qu'il s'en présente une, à laquelle il a tout loisir de bien se préparer : le jeu commencera vraiment lorsque les vérifications auxquelles il doit procéder auront porté leurs fruits.

Pas un instant il ne met en doute l'authenticité du renseignement fourni par la lettre anonyme. Un mauvais plaisant se serait manifesté lors de la première phase de l'enquête, lorsqu'une chance de publicité existait encore. Là, le rédacteur a pris son temps, il a certainement de bonnes raisons pour avoir ainsi différé son témoignage, la plus plausible étant de laisser s'estomper les souvenirs dans les mémoires. Il a donc intérêt à ce que les souvenirs s'estompent. Intérêt aussi à l'identification elle-même, seul but de la lettre, qui ne contient rien qu'on puisse relier au crime même.

A quoi pourrait bien servir cette identification, et à qui ? Des héritiers ? L'idée est plaisante ; le pauvre bougre, à la différence de Job, ne possédait pas même un tonneau éventré. Qui d'autre ? une épouse se serait spontanément fait connaître. Pourtant, l'identification du mort d'Archail est souhaitée par quelqu'un qui a pour cela de solides raisons. La seule logique ne permet pas d'aller plus loin pour le moment...

Sortant de ses spéculations, le petit juge revient aux réalités. Par quels moyens de procédure exploiter l'information reçue ? A qui confier cette tâche ? Sous quelle forme ?

La suggestion du policier marseillais est bonne. Il connaît aussi bien ses moyens, ses possibilités, ses limites que ceux des autres.

Dans un village de Corrèze, la recherche de renseignements ne peut être confiée qu'à la gendarmerie locale, dont les personnels longtemps en place finissent par connaître tout le monde. Certes, délier les langues sur les conflits internes d'une communauté paysanne n'est pas simple. Mais ce Benoît ou Jean-Benoît a de bonnes chances d'être un élément rapporté, sur qui n'a pas manqué de s'exercer une curiosité volontiers malveillante, et que ne protégera aucun des tabous du clan. La moisson doit être fructueuse.

Il faudra, dans la commission rogatoire, bien spécifier les points importants de la mission. D'où venait l'intéressé lorsqu'il s'est installé dans la commune ? A quelle date ? Etait-il seul ? Avec qui vivait-il ? Qu'y faisait-il ? De quoi vivait-il ? Quels événements ont marqué son séjour ? Quand, comment, si possible pourquoi est-il parti ? Pour où ? Quelles observations particulières ont-elles pu être faites à son sujet ? La dernière question est hasardeuse, car elle ouvre la porte à tous les ragots, mais elle peut être révélatrice d'éléments de personnalité utiles pour la suite de l'enquête.

Reste à savoir si le confrère de Tulle, à qui le Code de procédure pénale lui fait obligation de recourir, décidera pour cette investigation de faire appel aux services de la gendarmerie. Où est l'annuaire ? Bon ! C'est un magistrat expérimenté, installé depuis bientôt cinq ans. Inutile de prendre le risque de le froisser en lui suggérant la marche à suivre, il subdéléguera d'autorité à la gendarmerie. Tout va bien.

Par ailleurs, faut-il faire quelque chose à Digne, aviser dès à présent la presse locale du rebondissement de l'affaire et de ses développements attendus ? Il vaut mieux attendre des informations plus substantielles, quitte ensuite à les distiller pour créer le climat de suspense propre à inquiéter le criminel et l'amener à commettre des imprudences.

Ce criminel que les policiers marseillais soupçonnent d'avoir avec Digne ou ses environs immédiats des liens extrêmement étroits...

Ah ! surtout ne pas oublier de joindre à la commission rogatoire une photo de l'homme d'Archail !

XIV

Mercredi 11 février 1981 — 10 h 30

Tout émoustillés d'avoir à instrumenter, une fois n'est pas coutume, sur commission rogatoire dans une affaire criminelle, les gendarmes corréziens se sont surpassés. C'est un rapport nourri, de plusieurs pages, qu'a fait parvenir à son homologue du tribunal d'instance de Digne le juge d'instruction de Tulle.

Premier point acquis : la photographie du mort d'Archail est bien celle de Benoît Rouquier, de Mercœur, même si, lors de son séjour dans ce village, il ne portait qu'un simple collier de barbe.

Mais qui est Benoît Rouquier ? le rapport ne permet pas de le savoir. L'intéressé n'a pas effectué de changement de domicile et ne s'est jamais fait inscrire sur les listes électorales de la commune. Même sur le plan fiscal, et tout bon gendarme sait à quel point les services du ministère des Finances sont documentés sur chaque élément de la population, le dossier à son nom ne porte d'autre trace de son existence que celle de l'expédition de deux questionnaires auxquels il n'a jamais répondu. Les vérifications à l'E.D.F. pour leur part étaient inutiles, le bâtiment occupé ne possédant pas l'électricité. Le facteur n'a délivré aucun courrier, envoi recommandé, mandat ou autre, qui aurait pu nécessiter la production d'un document justificatif. La location enfin s'est faite sans le moindre papier, sur parole, comme bon nombre de transactions en milieu rural.

Le mystère demeure entier, encore que Rouquier ne semble pas, à l'époque, avoir entièrement coupé les ponts avec son passé puisque selon le facteur, pardon, le préposé, il a reçu quelques lettres, une de temps en temps, au moins pendant la première année de son séjour à Mercœur. D'où venait ce courrier ? Les gendarmes n'ont pu l'apprendre.

Benoît Rouquier était arrivé au village vers avril 1974, accompagné d'une jeune femme, Sarah, qu'il présentait comme son épouse, et de deux enfants, Stéphane, sept ans, et Madeleine, cinq ans, qu'elle disait avoir eus d'un premier lit, et qui répondaient au patronyme de Cortès. Elle était enceinte de quelques mois.

Le couple avait loué un petit bâtiment délabré, sur une parcelle de friches de deux à trois hectares, en bordure des bois domaniaux, et dépendant du fonds d'un certain Vautrin Jules, cultivateur, moyennant une redevance mensuelle de trois cents francs.

Rouquier avait, disait-il, l'intention de s'y livrer à l'élevage des chèvres et des poules. Il était en outre susceptible de louer ses services comme journalier, au moment des gros travaux saisonniers, dans les fermes des environs. Pauvrement, mais proprement vêtu, il n'avait pas fait mauvaise impression. Il semblait de bonne volonté, bien qu'inexpérimenté.

Sarah, par contre, n'avait pas été bien accueillie. Son appartenance à la race des « Boumians », appellation qui regroupe sans distinction d'origine tous les gitans qui vivent à bord de roulottes errantes, était flagrante. Son aspect négligé, son teint, sa coiffure, et, selon l'expression des gendarmes pourtant blasés, son hygiène élémentaire militaient en ce sens. A la rentrée des classes, l'instituteur avait menacé de refuser les enfants à l'école s'ils n'étaient pas régulièrement lavés et leur linge changé. Il faut ajouter qu'il n'avait pas eu à mettre sa menace à exécution...

Le ménage avait végété, les velléités d'élevage de poules tournant court, faute semble-t-il de soins appropriés. En revanche, les fromages de chèvre ne se vendaient pas trop mal. Et Benoît, bricoleur touche-à-tout, rendait de multiples services à petit prix. Mais il avait omis d'engranger suffisamment de fourrage, et l'hiver, pas très froid, mais longuement enneigé de 1975-1976, l'avait contraint à se défaire de bêtes faméliques.

A partir de là, la situation s'était très vite dégradée. L'homme ne faisait plus rien, devenait hargneux et agressif. Le 17 mars 1976, au cours d'une visite de routine, les gendarmes avaient pu constater que la jeune femme avait le visage tuméfié, comme si elle avait été frappée, et marchait avec une certaine difficulté. Discrètement interrogée, elle avait répondu avoir fait une mauvaise chute en allant chercher de l'eau à la source. Le cas n'étant ni rare ni dramatique, les fonctionnaires n'avaient pas insisté. Rouquier, absent ce jour-là, n'avait pu être admonesté.

Début mai 1976, soit en gros deux ans après son arrivée, l'intéressé était parti de Mercœur et n'avait plus reparu. Après avoir pendant quelques semaines maintenu qu'il s'était rendu à Tulle pour y occuper un emploi, Sarah Cantarel avait renoncé à soutenir ce qui n'était à l'évidence qu'une légende. Le facteur est formel : au cours des trois ou quatre mois séparant le départ de Benoît de celui de Sarah, fin juillet de la même année, peut-être un peu plus tard, la jeune femme n'a reçu aucun courrier.

L'identité complète de Sarah est connue depuis la naissance, le 11 septembre 1974, de son enfant, Cantarel Simon-Pierre, né de père non dénommé. Le couple n'était donc pas marié. Les papiers produits par Sarah Cantarel à l'état civil la disent née à Cavaillon le 23 juin 1948. Les références de la pièce d'identité qu'elle a pu présenter n'ont pas été relevées par le secrétaire de mairie, décédé depuis. Quant aux fiches d'état civil conservées par l'instituteur dans les archives de l'école, elles ont été établies au vu d'extraits de naissance dressés par les mairies d'Avignon pour Stéphane Cortès le 3 août 1967 et d'Arles pour Madeleine, le 11 janvier 1969, tous deux nés de Luis Cortès et de Sarah Cantarel. Le premier lit de Sarah n'avait pas davantage d'existence légale que le second. Quant aux noms, ils confirment l'avis des villageois : il s'agit bien de gitans.

Pour Benoît Rouquier, on en est réduit aux seules informations incontrôlables qu'il a pu livrer, au cours de ses conversations avec les habitants de Mercœur, et qui se résument à peu de choses. Né à Paris ou dans la région parisienne, apparemment instruit, plus que la moyenne — où diantre peut bien se situer la moyenne pour les gendarmes de Corrèze ? grogne le juge —, probablement divorcé (une allusion à son ex-femme), aurait participé à un stage de plomberie, le terme recyclage ayant été employé : ce n'est pas un mot d'usage courant à la campagne.

— C'est maigre, confie le juge d'instruction à Mme le greffier. Les gendarmes ont gratté tout ce qu'ils ont pu, partout où ils ont pu. Mais Benoît Rouquier reste presque aussi mystérieux que notre correspondant anonyme. S'il savait où nous en sommes, celui-là, je suis convaincu qu'il pourrait nous en dire bien plus. Et qu'il le ferait volontiers.

— Un communiqué aux journaux, peut-être ? hasarde Mme le greffier.

— Je me le demande. Mais rien ne presse, laissons-le mijoter, nous avons une chance qu'il tente de relancer... Quant à nous, nous avons quand même la piste Sarah Cantarel, la gitane, des liens certains avec le Vaucluse, j'ai bien envie de mettre là-dessus nos limiers de Marseille, c'est leur secteur.

XV

Jeudi 19 février 1981 — 10 h

— Quel bon vent vous amène ici ? lance cordialement le juge d'instruction, à qui Villemain et Contat viennent présenter leurs respects.
— Le crime d'Archail, monsieur le Juge.
— Du nouveau ? dit le magistrat d'un ton gourmand.
— Oui, un peu, et, assez curieusement, l'enquête en milieu gitan nous ramène à Digne. Nous avons rédigé un rapport détaillé sur nos découvertes dans le Vaucluse et nous l'avons remis à notre directeur, lequel nous a expédiés ici pour vous le présenter, et nous mettre à votre disposition si vous le jugez utile.

Villemain a sorti de sa vieille serviette noire une enveloppe très administrative, et la dépose sur le bureau. Un instant, le juge la tourne entre ses mains potelées, et la place devant lui.

— Je dispose d'une bonne heure. Si vous me racontiez ce qui s'est passé ? Je lirai le rapport plus tard, mais je suis certain qu'en vous écoutant, je serai plus proche de la réalité. Prenez votre temps, n'omettez pas les détails, sauf s'ils sont sans lien direct avec notre affaire. Je vous écoute...

— Comme vous voudrez, monsieur le Juge, acquiesce Villemain. A toi, Contat, tu racontes mieux que moi.

Sur le vu du rapport de la gendarmerie de Mercœur, les deux inspecteurs se sont en premier lieu rendus au bureau de l'état civil de la mairie de Cavaillon. Le registre des naissances, année 1948, comporte bien à la date du 23 juin un acte concernant Cantarel Sarah, Louise, fille de François, vannier, sans domicile fixe, et de Patraque Marie, sans profession, son épouse. L'acte ne comporte aucune mention marginale relative à un mariage avec Cortès Luis, père de ses deux premiers enfants.

— Le fait nous a paru bizarre, explique Contat. Les gitans vivent selon leurs coutumes, assez éloignées des nôtres, mais ils sont dans l'ensemble très croyants et leur foi est assez formaliste, question de tradition. Comme les prêtres ne peuvent célébrer de mariage religieux que postérieurement au mariage légal contracté devant l'officier de l'état civil, il se trouve que les unions en milieu gitan ont presque toutes un caractère légal. Or, sauf oubli rarissime d'une transcription, il n'y avait pas, dans le cas de Sarah, de mariage légal.

— C'est important ? demande le juge. Il y a

belle lurette que les unions libres ne choquent plus personne...

— Sur le moment, répond Villemain, nous nous sommes contentés d'enregistrer une information. Son importance réelle ne nous est apparue qu'un peu plus tard. Continue, Contat !

L'employé de mairie de Cavaillon s'était révélé un véritable expert en matière de gitans, qu'il appelait caraques selon la coutume provençale, avec plus qu'une nuance péjorative. Les renseignements fournis avaient conduit les inspecteurs à Avignon où, dans les années 1970, la municipalité avait à grands frais tenté de sédentariser un certain nombre de nomades dans une cité à eux, hors remparts bien entendu. Expérience totalement ratée. Une fois vendues portes, fenêtres, robinetterie, tuyauterie de plomb ou de cuivre, et autres marchandises détachables ou arrachables, les gitans momentanément fixés avaient repris leur traditionnelle errance.

— Dans la réalité, explique Contat, les faits se présentent de façon un peu moins simpliste.

— Tu ne peux pas t'empêcher de prendre la défense de tous ceux que tu appelles marginaux, grogne Villemain. Tu l'as vue, la cité, non ? ou plutôt ce qu'ils en ont laissé...

— Il n'existe pas de situation qu'on ne puisse poser en termes dialectiques, proclame savamment le juge. Mais là n'est pas notre affaire. Continuez, monsieur Contat !

— Les patronymes de Cantarel, Patraque, Cortès, sont typiques des gitans qui nomadisent en Provence. Cela, nous le savions déjà. Ce sont pour nous des noms souvent rencontrés lors d'enquêtes précédentes dans toute la région, chacun pouvant être porté par des dizaines, voire des centaines d'individus. Nous n'étions pas au bout de nos peines ! Les années 1970 toutefois nous intéressaient particulièrement. Les enfants étaient nés en 1967 et 1969, à Avignon pour l'un, Arles pour l'autre, peu avant l'essai de sédentarisation. Nous ne risquions donc rien à pousser jusqu'à Avignon, où Villemain compte de nombreux camarades dans les divers services de police ; peut-être pourraient-ils nous fournir au moins une indication...

— Là, enchaîne Villemain, on a eu de la chance. Premier point, en quittant Marseille, nous n'avions pas encore les résultats des recherches aux fichiers concernant Sarah et Luis Cortès. Un coup de fil à l'identité judiciaire nous a permis d'apprendre que Luis avait des antécédents, ayant été arrêté et déféré au Parquet pour coups et blessures volontaires. Par contre, il n'y a pas trace de condamnation aux sommiers. Les sommiers ont été purgés par la loi d'amnistie qui a suivi les présidentielles de 1974.

— Légalement, observe le juge, je me demande si les traces de l'arrestation n'auraient pas dû, elles aussi, être effacées ?

— C'est pourquoi vous constaterez que notre

rapport n'en fait pas mention, dit sèchement Villemain, soudain renfrogné.

— Ne prenez pas la mouche ! Je voulais simplement dire qu'il y a des chemins où il convient d'avancer sur la pointe des pieds, ce que vous avez fait. Nous sommes seulement avertis, confidentiellement, que Luis Cortès est un violent.

— Et plus confidentiellement encore que son arme favorite est le couteau, ajoute Contat, que son collègue fusille du regard.

— Parenthèse refermée ! dit le juge. On continue...

La seconde chance des inspecteurs s'est présentée à la brasserie Le Pezet, rue de la République, où ils prenaient l'apéritif avec un camarade de l'ancien.

— Mais je la connais ton histoire, s'était-il exclamé. Elle a même fait un sacré boucan chez les caraques ! Il doit y avoir un dossier là-dessus aux R.G. Je vais te retrouver ça cet après-midi. Sûr !

— On parle à tort et à travers de l'étanchéité entre les différents services de police, commente Villemain. C'est parfois vrai. Mais, dès qu'il s'agit de faire un authentique travail de flic, les cloisons tombent.

En effet, il existe un dossier documenté aux Renseignements généraux. L'union libre de Luis et de Sarah avait bien failli dégénérer en bataille rangée entre le clan Cantarel-Patraque et le clan Cortès.

ON ÉCRASE BIEN LES VIPÈRES...

Farouchement anticlérical, Luis Cortès s'était avec obstination refusé au mariage avec Sarah en dépit du fait qu'elle était enceinte. Les faits remontaient au mois de mars 1967. Le clan Patraque, celui de la mère de Sarah, car les femmes ont une très grande autorité morale en milieu gitan, ne l'entendait pas de cette oreille, et avait voulu contraindre Luis Cortès, lui-même soutenu par les siens pourtant eux aussi bons chrétiens. Mais la solidarité prime tout, même la religion. Seule, l'intervention d'un prêtre les connaissant bien avait pu éviter une guerre fratricide, que redoutaient les autorités. Ainsi s'explique l'existence d'un dossier de police. Le prêtre était l'auteur d'un compromis historique aux termes duquel Luis et Sarah vivraient, se considéreraient et seraient considérés comme mari et femme, sans cependant que soit célébrée la cérémonie coutumière, sans danses et sans soûlographie collective. En outre, les filles du couple seraient baptisées, Luis s'étant montré particulièrement intransigeant en ce qui concerne les garçons. Soûlographie mise à part, le compromis avait été respecté.

Il avait d'ailleurs reçu l'homologation de l'évêque de Digne (on y revient encore, mais cette fois par pure coïncidence), ce prélat ayant la qualité d'évêque des gitans de France.

— Il n'en reste pas moins, poursuit Contat, que le mariage de Luis et de Sarah se trouvait marginalisé par rapport au peuple gitan. Cette situation exceptionnelle devait nous permettre de retrouver assez facilement la trace de Sarah Cantarel. J'ai eu l'occasion d'arrêter, il y a trois ans, comme complice mineur dans un hold-up, un gitan maintenant fixé à Aix, un Cantarel justement, plus ou moins chiffonnier-ferrailleur, joueur de boules professionnel, et je dois dire que nous avions sympathisé, ce n'était pas vraiment un truand irrécupérable...

— Tu es libre de tes opinions, proteste Villemain, tu verras ! nous aurons encore affaire à lui ! Question de temps !

— Il s'est rangé et gagne bien sa vie. D'accord, il est resté gitan et reprend sa caravane chaque année pour le pèlerinage aux Saintes-Maries-de-la-Mer. C'est ça qui te choque. N'empêche que, grâce à lui, nous avions dès hier matin localisé Sarah et que, dans l'après-midi, nous procédions à son audition. Avec tes préjugés, nous en serions encore à chercher...

— Parfait, votre petit numéro de duettistes ! apprécie le juge en connaisseur. Et un sens aigu du suspense. Vraiment très au point ! Bravo !

XVI

Mercredi 18 février 1981 — 15 h 10

La route n'est pas longue d'Aix à Salon, elle avait même paru presque trop courte aux deux inspecteurs pour mettre au point le programme de l'audition de Sarah Cantarel.

Elle partageait à présent, selon les informations recueillies à Aix, la caravane de sa mère.

— Il y a deux choses certaines, avait dit Villemain. La première, c'est que tu as la maîtrise des opérations, moi, il vaut mieux que je reste coi. La seconde, le téléphone arabe a sûrement fonctionné. Sarah sait que la police en a après elle.

— Oui ! Mais elle ignore pourquoi. C'est une femme, caraque ou pas, la révélation de la mort de Benoît peut susciter un choc, une émotion, la rendre plus vulnérable. On pourrait commencer en lui montrant la photo...

— Voulez-vous lire l'audition de Sarah, monsieur le Juge ?
— Non ! Racontez !

En fait de choc émotionnel, c'était raté. Mise en présence de la photo du cadavre, elle n'avait pas réagi. Devant les inspecteurs, dans la roulotte de la veuve Marie Patraque, se tenait une femme sans âge, sans forme, froide non par dureté, mais par indifférence. Atavisme, avait pensé Villemain. Trop de souffrances, s'était dit Contat...

Elle avait repris la photographie, l'avait longuement regardée, puis avait dit d'une voix atone :

— C'est Benoît ! Je savais bien qu'il était mort.
— Comment le savez-vous ?
— Je le sentais. Il y a des années que je le sais. Vous ne pouvez pas comprendre...
— Mais il est mort seulement l'été dernier, en juillet ! s'était écrié Contat. Il a été tué dans un petit village des environs de Digne.
— Vous voulez dire que, depuis qu'il m'a quittée, il y a... Simon-Pierre vient d'avoir huit ans, c'était donc en 1976, au printemps, il a vécu jusqu'à l'été dernier sans se soucier de son fils ? Ce n'est pas possible, ce n'est pas vrai, je ne vous crois pas !
— Pourtant, les faits sont là !

Alors, elle s'était animée, brutalement, et lancée dans une litanie d'imprécations criardes, d'où il ressortait à l'évidence que Benoît était un monstre. Le choc émotionnel avait bien eu lieu, mais là où il n'était pas attendu. Froideur, indifférence, jugements hâtifs sur l'atavisme ou les longues souffrances, tout était bouleversé.

— Vous disiez qu'on l'a tué ?
— Oui !
— Tant mieux ! Celui qui n'a pas le souci de ses enfants doit mourir ! Qui le tue accomplit la volonté de Dieu ! Je prierai pour lui la Vierge et les Saintes !

Pas de doute, Sarah était une vraie gitane !
— Savez-vous qui pourrait l'avoir tué ?
— Un homme de Dieu ! un envoyé de Dieu ! Quel qu'il soit, je vais prier pour lui !

Plutôt vague comme signalement ! Il fallait calmer Sarah, et Contat s'y était employé avec douceur et patience, avant de changer délibérément de sujet :

— Si vous nous racontiez comment vous avez connu Benoît ?

Leur première rencontre avait eu lieu à côté d'un campement de gitans, tout près de Montélimar où elle stationnait pour quelques jours avec son mari et leurs deux enfants. Elle partait vendre un lot de banastes, traduisez vanneries, sous le poids duquel elle pliait, quand il lui avait proposé de l'aider. Elle avait bien entendu refusé, en silence comme il convient, mais il s'était d'autorité, quoique gentiment, emparé d'une partie de son chargement ; elle avait dû le laisser faire et le suivre. Il l'avait ensuite aidée à installer au bord du chemin son modeste éventaire. Ce jour-là, les ventes avaient été bonnes.

Elle l'avait revu le lendemain et les jours suivants, toujours aussi attentionné.

— En ce temps-là, malgré les deux petits que Luis m'avait faits, j'étais jeune et belle, dit-elle fièrement. Je comprenais bien qu'il me voulait, s'il n'en parlait pas, ses yeux parlaient pour lui. Mais il n'était pas question pour moi de quitter Luis, mon mari, ou de céder à un étranger, même s'il savait me dire de jolies choses que personne ne m'avait jamais dites. Il me récitait, oui monsieur, à moi, des poésies. Je ne comprenais pas, alors il m'expliquait, sans jamais s'impatienter. Nous autres, gitanes, nous n'avons pas l'habitude d'être traitées de cette façon, ça me flattait, j'étais contente. Benoît n'était pas comme les autres...

Et, petit à petit, la confiance lui était venue, elle s'était laissé aller à lui raconter ce qu'était leur vie à eux, les nomades, et plus tard, ce qu'était la sienne, à elle, Sarah. Il savait si bien l'écouter.

Un jour, Luis l'avait vue en conversation avec Benoît, riant avec lui. Le soir, à son retour à la caravane, il l'avait sévèrement corrigée et le lendemain matin, ils étaient repartis vers le sud, Valréas, puis Orange. Quelques jours plus tard, Benoît avait reparu, elle avait réussi à le voir, et il lui avait dit qu'il l'aimait et voulait vivre avec elle.

Mais Luis les avait à nouveau vus et, cette fois, il avait juré de le tuer s'il continuait à tourner autour d'elle. De retour au campement, il l'avait cruellement battue, menaçant de la défigurer à coups de couteau, et pour lui montrer qu'il ne plaisantait pas, lui avait fait à la joue une estafilade sans gravité, mais dont une légère cicatrice est encore visible.

C'en était trop. Le lendemain, profitant d'une absence de son mari, elle avait pris ses enfants et rejoint Benoît. Avec lui, par le train pour s'éloigner au plus vite, ils avaient pris la direction du nord, pour s'enfoncer ensuite vers le centre, hors des routes de nomadisation familières à Luis. Ils s'étaient arrêtés à Domérat, non loin de Montluçon, où Benoît avait trouvé comme apprenti à peine rémunéré un emploi dans un atelier de plomberie.

Peu d'argent, mais ils étaient bien.

— Sarah n'a pas employé le mot bonheur, mais je crois que c'est ce qu'elle a voulu dire, commente Contat. Ils faisaient des projets ; dès qu'ils posséderaient quatre sous, ils s'installeraient à la campagne, loin du monde, le plus loin possible, là où nul ne viendrait les troubler. Comme toujours, elle l'écoutait. Il parlait si bien que la perspective d'une vie stable n'inquiétait pas la nomade qu'elle était quelques mois plus tôt. Pourquoi s'inquiéter ? Demain sera demain ! Un élément nouveau devait cependant intervenir et hâter la réalisation de ce projet : elle était enceinte. C'est ainsi qu'ils s'étaient retrouvés un beau jour à Mercœur. Ils y avaient vécu ensemble deux ans, chichement, mais qu'importe ! Puis Benoît, qui avait en très peu de temps changé du tout au tout, devenu taciturne et parfois brutal, était parti à la ville chercher du travail. Il n'avait pas reparu ni donné de ses nouvelles. Alors elle l'avait cru mort et pleuré des jours entiers. Après quoi, de campement gitan en campement gitan, elle avait retrouvé sa mère, auprès de laquelle elle vivait depuis, comme doit vivre une veuve.

— Du vrai Mérimée ! dit le juge. Mais cela ne nous dit pas qui était Benoît Rouquier. Il avait bien une identité, cet homme.

— J'y arrive, monsieur le Juge. Tout d'abord son nom est bien Benoît Rouquier, Sarah a vu des papiers à lui, né à Houilles, dans les Yvelines, en 1943, sans autres détails, mais cela devrait suffire. Son père habite, il vaut mieux dire habitait, car les informations remontent à plus de cinq ans, en banlieue parisienne, à Sucy-en-Brie, il serait assez aisé. Benoît avait promis d'y emmener Sarah plus tard. Il a été marié et a lui-même deux enfants, mais elle n'en sait pas plus. La question l'a d'ailleurs préoccupée, car il n'y faisait que de rares allusions, et il est surprenant qu'un homme ne porte pas davantage d'intérêt à ses enfants, mais elle n'osait pas le questionner. Aujourd'hui, elle a compris... Non, elle ne sait pas s'il était veuf ou divorcé.

— Et Luis Cortès, le mari morganatique abandonné, celui qui a juré de tuer, savez-vous ce qu'il en est de lui ?

— Oui, monsieur le Juge, et c'est pourquoi le

patron, je veux dire notre directeur, nous a expédiés ici.

— Vous voulez dire qu'il est à Digne ?

— Exactement ! Luis Cortès est artisan vannier, à la sortie de Digne, route de Barles.

— Bravo ! dit le juge. Bravo deux fois ! Pour vos talents de conteur d'abord, et surtout pour le fond, les résultats. Il se pourrait bien que nous tenions quelque chose de sérieux avec ce Luis Cortès, c'est votre avis ?

— Nous avons eu le temps d'y réfléchir pendant le trajet, monsieur le Juge, répond Villemain. Dans la course aux Assises, Cortès est certainement un candidat sérieux. Mais représente-t-il le bon choix ? C'est un peu tôt pour le dire.

— Alors ?

— Alors voici ce que suggère le patron, mais, bien entendu, la décision vous appartient...

Le juge sourit. Le patron, comme ils disent avec une forme de respect affectueux, est un vieux renard qui essaye de garder les coudées franches sans éveiller la susceptibilité des magistrats.

— Voyons cette proposition !

— Eh bien ! Voici ! Dans le cadre de la commission rogatoire que vous avez délivrée au service, Luis Cortès n'étant pas inculpé, vous nous donnez mission de procéder à sa première audition, et à toutes les vérifications le concernant. En tout état de cause, c'est ce que nous aurions fait s'il n'avait pas résidé au siège de votre tribunal. Ce qui nous permettrait de le cueillir à froid, sans qu'une convocation de votre part l'ait mis sur ses gardes. En possession des procès-verbaux de ces opérations, vous pourriez ensuite le réentendre, et l'amener s'il y a lieu à s'enferrer.

— D'accord ! Allez, messieurs ! Et bonne chance ! C'est vous qui avez la meilleure part, ajoute le juge avec nostalgie.

— Votre tour ne tardera pas à venir, monsieur le Juge, ce sera bientôt à vous de jouer !

XVII

Jeudi 19 février 1981 — 16 h

— Il en a de bonnes, le juge ! La meilleure part... Il ne faut rien exagérer !

C'est Contat, mi-figue, mi-raisin, qui ironise ainsi tandis qu'installés dans la voiture de service, ils attendent depuis deux heures déjà, au lieu-dit la Plâtrière, route de Barles, à la sortie de Digne.

Il fait beau, le ciel est d'un bleu limpide, mais dans ce petit bout de vallée où, en hiver, le soleil n'apparaît qu'une heure ou deux par jour et dans lequel s'engouffrent tous les vents de la rose, il fait un froid glacial.

Non loin, à peine en retrait du bord de la route, quelques caravanes regroupées forment un hameau. Plus près, une autre, isolée, qui d'après le gardien de la décharge publique toute proche est celle de Luis Cortès et lui sert indifféremment de domicile et d'atelier. Le tout constitue un campement d'une certaine stabilité, certaines caravanes sont même démunies de roues, leurs occupants sont à présent moins nomades que sédentaires, ce qui se voit à l'entassement, n'importe où, n'importe comment, des objets les plus hétéroclites — des débris plutôt que des objets.

— Heureusement que nous sommes en hiver, dit Villemain, l'été, ça ne doit pas sentir la lavande...

— Allons boire quelque chose au café le plus proche, suggère Contat, je suis complètement gelé !

— Et s'il arrive pendant que nous sommes absents ?

— Je sais bien, je disais ça façon de parler...

Luis Cortès ne fait son apparition qu'après quatre heures, au volant de la Citroën I.D. anciennement bleue que leur a décrite le gardien. Les deux inspecteurs l'abordent aussitôt, avant qu'il pénètre dans sa caravane.

— Inspecteur divisionnaire Villemain, inspecteur Contat, police judiciaire, se présentent-ils, en exhibant leurs cartes barrées de tricolore. Vous êtes monsieur Luis Cortès !

L'autre grommelle un acquiescement.

— Qu'est-ce que vous me voulez ?

— On peut entrer ? Cela risque d'être long...

Un haussement d'épaules leur répond très clairement que Cortès souhaiterait les voir au diable ou ailleurs, que de toute façon ils entreront parce qu'ils sont les plus forts, et que, par-dessus le marché, ça lui est égal.

— Tant qu'à entrer, asseyez-vous !

Il leur désigne des bottes de sagnes et d'osier sec dans un coin, retire sa canadienne en toile fourrée de mouton, pourtant il fait à peine moins froid qu'à l'extérieur, et prend place sur l'unique couchette ouverte.

— Qu'est-ce que vous me voulez ? répète-t-il.
— Nous voudrions vous montrer une photographie. Est-il possible d'avoir un peu de lumière ?

Cortès se lève, allume une lampe à gaz posée sur la tablette près de lui et prend en main le document que Villemain lui tend.

— Connaissez-vous cet homme ?
— Je devrais ?
— Regardez bien !

Cortès examine attentivement la photo, puis la rend.

— Pas la peine de finasser ! Vous savez bien que je l'ai connu, sinon, pourquoi vous me la montreriez, hein ? C'est la charogne qui m'a fauché ma femme et qui s'est tiré avec elle et mes gosses. Après, il les a plaqués. Je l'ai assez cherché, pour le crever si vous voulez le savoir. Et si je le trouve, je le crève ! La suite, je m'en fous, ça n'a plus d'importance.

— Regardez bien la photo ! il est mort, il a été tué.

— C'est vrai qu'il a l'air mort... Dommage ! j'aurais aimé le tuer moi-même. Mais ça ne m'étonne pas qu'on l'ait buté. Des ordures pareilles, qui volent les femmes et les enfants des autres, c'est comme ça qu'elles doivent finir !

— Racontez-nous ce qui s'est passé !

Le récit de Luis Cortès, détails mis à part, est identique à la version de Sarah Cantarel. Après la fuite de cette dernière, il les a recherchés longtemps, mais c'était son affaire à lui seul, il n'a pas mobilisé les ressources du clan dont il se tient à l'écart. Il y a cinq ans qu'il est installé à Digne où il gagne assez correctement sa vie, les banastes se vendent bien, il rempaille aussi les chaises et, avec la mode de réhabilitation des vieux meubles, le travail ne lui manque pas. Depuis que Sarah a rejoint sa mère, il lui envoie souvent de l'argent, pour les enfants.

— Même pour son bâtard, précise-t-il.

Les inspecteurs sont au courant. Sarah le leur a dit.

— Maintenant que l'autre est mort, je peux la reprendre. Tant qu'il était vivant, ce n'était pas possible, vous comprenez, ç'aurait été mieux si je l'avais tué moi-même, mais je peux la reprendre... si elle veut revenir.

Après son éclat du début, Luis s'est exprimé calmement, avec une certaine réserve, une sorte de pudeur jusque dans ses propos les plus excessifs. Un violent, à n'en pas douter, un homme fruste, rugueux, mais pas un mauvais diable. Les inspecteurs l'ont écouté patiemment, sans l'interrompre, mais le moment des questions est venu.

— Où étiez-vous au mois de juillet l'an dernier, en 1980 ?

— Je suis toujours à Digne en juillet. C'est l'époque des touristes, des résidences de vacances, j'ai beaucoup de travail à cette époque.

— Pouvez-vous nous dire ce que vous avez fait le 8 juillet ?

— Ce que je fais d'habitude, tous les jours ! Comment voulez-vous que je me souvienne d'un jour plutôt que d'un autre ? Vous faisiez quoi, vous, le 8 juillet ?

— C'était un mardi...

— Et alors ! Qu'est-ce que ça change ?

— Passons ! Connaissez-vous Archail ?

— Je sais où c'est, je vais parfois couper des sagnes dans les parties basses, du côté de Marcoux, mais je ne suis jamais allé au village, c'est trop sec dès qu'on monte, il n'y a rien à couper.

— Saviez-vous que Benoît Rouquier vivait à Archail ?

— C'est qui, Benoît Rouquier ?

— Ne faites pas l'imbécile ! C'est l'homme de la photo, celui qui est parti avec votre femme et vos enfants.

— Je ne savais pas son nom, vous croyez qu'elle m'aurait dit comment il s'appelait ? C'est même pour ça que je ne les ai pas retrouvés...

— Il s'appelait Benoît Rouquier et a été tué à Archail. On l'a dit dans les journaux à l'époque.

— Je ne lis pas...

Tout à coup, Cortès comprend de quoi il est question, et se dresse d'un bond.

— Et vous voulez me coller ça sur le dos? Je pige! c'est commode un caraque! Ça vous arrangerait bien, hein? Surtout que j'ai fait de la taule, moi! Six mois j'avais pris, j'en ai tiré quatre. Quatre mois pour avoir juste piqué un type qui m'avait insulté! Je lui ai dit au juge: si j'avais voulu le buter, j'avais qu'à pousser un peu plus. Mais je ne voulais pas, seulement le punir. L'avocat m'a expliqué que je n'avais pas été salé. Alors, cette fois, vous voulez en rajouter! Ça m'aurait fait plaisir de crever ce type, c'est vrai! Si j'étais tombé dessus, je l'aurais crevé, c'est vrai! Mais je l'ai pas tué, ça, c'est pas vrai! Je n'ai jamais mis les pieds à Archail, moi, c'est tout ce que je sais!

— Calmez-vous, monsieur Cortès, nous ne voulons rien vous mettre sur le dos, nous voulons seulement savoir qui a tué Benoît Rouquier, et pour quelles raisons il l'a fait.

— Ne comptez pas sur moi pour vous dire qui! Je l'ignore et, de toute façon, je ne vous le dirais pas. Pourquoi? c'est simple, non? C'est une ordure, il n'y a pas qu'à moi qu'il a dû faire des saloperies...

— Allez-vous parfois en montagne?

— Je vous l'ai déjà dit, ça ne m'intéresse pas, dès qu'on monte, c'est trop sec, qu'est-ce que j'irais y faire?

— Possédez-vous un sac à dos?

— Non ! Sauf à l'armée, je n'en ai jamais eu. Quand je vais couper, je prends ma musette pour le casse-croûte et la ficelle. Les sacs, c'est pour les touristes.

— Avez-vous des souliers de montagne ?

— Non, des bottes en caoutchouc, à bon marché. Vous voulez les voir ? Je n'ai rien à cacher.

— Tout à l'heure, si vous voulez. Votre voiture, c'est bien la Citroën avec laquelle vous êtes arrivé ?

— Vous l'avez vue, je n'en ai pas d'autre. Je l'ai achetée d'occasion lorsque je me suis arrêté à Digne, elle a un grand coffre, et elle était équipée pour remorquer. Elle est en règle, vous pouvez vérifier, assurance, vignette et tout. On est bien obligés, à cause des gendarmes, ils nous ont à l'œil...

Contat a un regard en direction de Villemain, mais la lampe à gaz projette des ombres crues et il ne peut se délecter de la probable réaction de son ancien : Villemain ne doit guère apprécier d'avoir des goûts communs avec ce marginal...

Les vérifications faites, la visite des lieux n'ayant rien donné, il ne restait plus qu'à clore le procès-verbal tant bien que mal dactylographié par Contat sur un coin de table, et à partir.

— Vous ne m'emballez pas ? a demandé Cortès, surpris.

Pendant le court trajet du retour à la ville, les deux inspecteurs sont restés silencieux. Plus tard seulement, devant le pastis de rigueur, un, pas deux, c'est la règle en mission, Contat fait son premier commentaire, le ton amer.

— Pauvre type ! Pour lui, les flics sont juste bons à emballer. Je préférerais une autre image de marque...

— Moi aussi parfois. D'un autre point de vue, la crainte a ses bons côtés. Et puis, s'il est innocent, grâce à nous, Luis va pouvoir reprendre sa chère Sarah. Ce n'est pas rien, il nous doit une fière chandelle !

— Tu crois qu'il est innocent ?

— Je ne crois rien ! Combien de fois faudra-t-il te répéter que nous ne sommes pas payés pour croire ou ne pas croire, mais pour apporter à d'autres des éléments concrets de nature à forger leur intime conviction ?

— Ouais...

XVIII

Vendredi 20 février 1981 — 10 h

Longuement, à trois reprises, le juge d'instruction a pesé les termes de la déclaration de Luis Cortès.

— Je crois qu'avant de poursuivre, il faut que nous fassions le point précis des éléments en notre possession. Monsieur Villemain, voulez-vous récapituler pour nous ceux qui militent en faveur de l'éventuelle culpabilité de Cortès.

— Je vais essayer, monsieur le Juge. Le mobile d'abord, Cortès en possède un de tout premier ordre. Devant témoin, il a juré, il y a sept ans, de tuer Benoît, et l'a surabondamment confirmé hier devant nous. Son outrance était si grande que j'ai pensé à une sorte de forfanterie. Peut-être bien qu'il en a rajouté, mais psychologiquement, compte tenu de sa personnalité et du monde à part d'où il vient, je le crois tout à fait capable d'un meurtre. C'est un violent. A défaut d'antécédents judiciaires qu'il ne cache pas, mais auxquels l'amnistie nous interdit de faire référence, la cicatrice sur la joue de Sarah en apporte la preuve. C'est aussi un gitan, qui ne tolère pas de voir ce qu'il appelle son honneur bafoué. Matériellement, il a eu la possibilité de commettre le crime, il n'a pas d'alibi. Le fait que personne, à Archail, n'ait mentionné de Citroën aussi repérable que la sienne ne signifie pas grand-chose. Il peut un jour avoir emprunté une voiture. Nul ne l'a vu, mais là encore, ce n'est pas une preuve d'innocence : un homme animé de mauvaises intentions fait en sorte de n'être pas remarqué. Quant au touriste au sac rouge, autre coupable possible, c'est un innocent touriste qui ne lit pas les journaux. Tels sont en gros les arguments que je développerais devant le jury, si j'étais dans la peau de l'avocat général.

— A vous, monsieur Contat, d'évoquer ceux de la défense.

— Villemain l'aurait fait aussi bien que moi, monsieur le Juge, nos avis sont très proches. Mais puisque vous me le demandez, voici ce que je soutiendrais devant la cour. Peu de faits concrets en réalité, mais des incohérences flagrantes entre ce que nous savons de l'homme et les données objectives de l'affaire. Le mobile est indiscutable, mais un mobile ne fait pas un coupable. D'autres ont pu souhaiter la mort de Benoît. Il ne s'est pas contenté d'abandonner Sarah, il a aussi, nous le savons, abandonné ses propres enfants. Peut-être a-t-il semé sur son passage au cours des cinq dernières années de sa vie, dont nous ignorons tout pour l'instant, d'autres rancœurs, d'autres désirs de vengeance.

— Tu supputes, dit Villemain.

— Je plaide ! Voyons maintenant l'alibi. Que faisait-il le 8 juillet 1980 ? Il ne s'en souvient pas, mais posez la question à dix mille habitants de cette ville, et ils ne s'en souviendront pas davantage. Sans nos agendas, toi et moi serions dans le même cas.

— Moi de même, dit le juge.

— L'absence d'alibi, reprend Contat, n'établit qu'une possibilité matérielle, mais elle n'implique pas, et de très loin, une culpabilité. Il faudrait, pour constituer une simple présomption, qu'elle soit étayée au moins par un élément objectif, le sac rouge, la voiture, les souliers de montagne, peu importe, mais il n'y a rien au dossier en ce sens.

— Je ne retiens pas l'absence d'alibi, tranche le juge, qui s'amuse énormément. Continuez, monsieur Contat !

— Dans l'audition de Luis Cortès, j'ai lancé une phrase piège très classique, sans me rendre compte d'ailleurs qu'il s'agissait d'une phrase piège... Quand j'ai donné pour la première fois le nom de Benoît Rouquier...

— J'ai cru que vous l'aviez fait exprès, dit le juge, j'avais beaucoup apprécié...

— Mais non ! Quand j'ai lancé ce nom, je n'imaginais pas que Cortès ait pu ignorer qu'il s'agissait de son rival. Mais, piège délibéré ou pas, son attitude devant cette question est significative.

— Pas vraiment, dit Villemain. Il aurait pu, lors d'une rencontre accidentelle, reconnaître Rouquier et le tuer sans savoir son nom...

— J'en viens à l'arme du crime. L'arme de prédilection de Cortès, celle de son clan, celle des affaires d'honneur — s'il était coupable, ce serait une affaire d'honneur —, son arme est le couteau. Cet homme, ayant par un hasard quelconque découvert la présence de Benoît à Archail, serait allé le tuer d'un coup de pierre sur la tête alors qu'il porte dans sa poche une arme autrement redoutable et dont il sait se servir... Non ! ça ne cadre pas !

— C'est tout ?

— Non, monsieur le Juge, il reste encore la lettre anonyme. Cortès ne peut pas en être l'auteur. Qui, raisonnablement, oserait prétendre que Luis, ayant tué Rouquier, éprouve le besoin de nous mettre tôt ou tard sur sa piste ? Ce serait aussi admettre que connaissant l'adresse de Benoît et de Sarah à Mercœur, il ait attendu des années pour assouvir sa vengeance. Là encore, il y a incohérence. Il y a trop d'incohérences. Pas un jury ne suivrait le réquisitoire de l'avocat général !

— Votre avis, monsieur Villemain ?

— Sur le dernier point d'abord, monsieur le Juge. Contat a l'air de croire que meurtrier et scripteur de la lettre anonyme sont une seule et même personne. Moi, je n'en sais rien. Sur un plan plus général, je ne sais pas davantage si Cortès est ou non le coupable. Par contre, véhémence et effets de manches en moins, je partage l'opinion de Contat.

— En ce qui concerne la lettre anonyme, dit le juge, je suis d'accord avec vous. Cortès ne peut en être l'auteur. Or la lettre existe, elle implique l'existence de son rédacteur, donc d'un autre personnage dans cette affaire, même s'il n'est pas le meurtrier...

— C'est possible. Mais s'il était le meurtrier, et nous ne pouvons écarter cette hypothèse, cela montrerait alors sa conviction que nous ne pourrons pas remonter jusqu'à lui. Il aurait néanmoins pris un risque énorme en nous mettant sur la voie. C'est pourquoi je crois, moi aussi, à l'existence de deux personnages, Cortès pouvant être l'un des deux. Notre directeur, comme il vous l'a dit au téléphone, est convaincu que l'intérêt du rédacteur se limite à l'identification.

— Bon, décide le juge, cette phase de l'enquête me paraît terminée. Je vais maintenant mettre en place les moyens de l'identification définitive de Benoît Rouquier, ce qui devrait également permettre de reconstituer son curriculum vitae, jusqu'à sa rencontre avec Sarah Cantarel. J'ai l'impression, moi aussi, que nous n'avons pas fini d'en apprendre sur son compte...

XIX

Vendredi 20 février 1981 — 11 h

Villemain et Contat viennent de quitter le bureau du petit juge. Leur tâche est pour l'heure suspendue, l'administration judiciaire va prendre le relais.

Des éléments existent à présent, suffisants semble-t-il pour identifier de façon certaine ce Benoît ou Jean-Benoît Rouquier. Simple routine, commission rogatoire, subdélégation prévisible au S.R.P.J. de Versailles compétent en grande banlieue parisienne. Mission : rechercher l'état civil de Rouquier, retrouver sa famille pour autant qu'il en ait encore, reconstituer ce qui peut l'être de sa biographie, en relever les faits significatifs.

— Madame le Greffier, voulez-vous noter, je vous prie...

Elle prend sous sa dictée le texte du document, le relit, et vient le déposer sur le bureau, puis retourne à sa place. Le juge la suit des yeux, admiratif. Que cette femme est belle ! Et pourtant aussi peu apte que possible à déchaîner les passions. Pas réfrigérante, non, simplement neutre. Un phénomène de sérénité ! Mais aussi, professionnellement, son goût manifeste pour l'enquête, son solide bon sens associé à une finesse très féminine en font une auxiliaire idéale.

Dans le cas présent, il sait que le texte de la commission rogatoire a reçu son approbation, sinon, elle serait intervenue, greffier modèle, pour l'amener à préciser. Elle considère que cela fait partie des devoirs de sa charge, son rôle ne se limite pas à enregistrer par écrit des actes de procédure. Cette attitude convient parfaitement au petit juge qui a pris l'habitude de susciter ses commentaires. Cela l'aide à réfléchir.

— Que pensez-vous de Luis Cortès, madame le Greffier ?

— Sur ce qu'on nous en a dit, monsieur le Juge, il fait un magnifique meurtrier potentiel.

— Ce qui signifie ?

— Qu'il a, psychologiquement parlant, toutes les caractéristiques d'un meurtrier : la violence intérieure, le mépris des règles sociales, l'atavisme de sa race, et sa conception particulière de l'honneur. Depuis le début de cette affaire, tout donne à croire que Rouquier a été tué lors d'une rencontre due au hasard avec un homme appartenant à son passé. Cortès fait bien partie de son passé, mais les conditions d'une rencontre fortuite entre Rouquier et lui ne me semblent pas réunies. Aucun hasard n'a pu l'attirer à Archail, d'où

Rouquier n'est jamais descendu. La seule possibilité restante est que les deux hommes se soient vus avant que Rouquier gagne Archail, au moment donc où il a traversé Digne. On ne peut l'exclure a priori si on admet l'intervention du hasard dans cette affaire, mais il me semble qu'alors les choses n'auraient pas abouti au scénario que nous connaissons.

— Vous en revenez à des impressions !

— Oui ! Vous aussi d'ailleurs, monsieur le Juge, sinon vous auriez demandé à vos duettistes marseillais d'aller cueillir Luis Cortès et vous l'amener ici. Dommage ! J'aurais bien aimé voir à quoi ressemble ce héros de roman d'amour à la Mérimée !

— Il faudra bien que je l'entende !

— Evidemment ! Mais, avouez-le — pour une fois ce sera votre tour de passer aux aveux —, vous n'y croyez guère...

Le juge ne relève pas cet embryon d'impertinence. Mme le Greffier s'est pour une fois départie de son attitude hiératique pour faire part de sentiments personnels. Son visage s'est animé, ses joues ont rosi, elle n'en est que plus belle. Pour un peu, et nonobstant les sacro-saints principes, il lui ferait un doigt de cour.

XX

Mardi 24 février 1981 — 11 h 30

— Alors, madame le Greffier, pas trop déçue par votre héros de roman d'amour ?

Luis Cortès vient de ressortir, parfaitement libre, du cabinet du juge d'instruction. Son audition n'a, comme prévu, rien apporté. Il reste un simple meurtrier potentiel, et n'est vraisemblablement pas le seul. Quant à l'imaginer dans la peau d'un héros de roman... Pas très grand, osseux, noir de cuir et de poil, encore qu'une coupure fraîche ait dénoté un souci de présentation correcte chez cet anarchiste déclaré, on ne voit pas très bien par quoi il a pu séduire Sarah Cantarel au point de l'amener à transgresser les règles du clan.

— L'amour a ses raisons, monsieur le Juge.
— Que la raison ne connaît pas, je sais.
— Je veux dire que vous le voyez, comme moi d'ailleurs, je le reconnais volontiers, à travers votre propre cadre de références, pour reprendre

les termes d'un des compagnons de Rouquier, je ne sais plus lequel...

— C'était Norbert.

— Ce cadre n'est pas celui de Sarah, en outre quinze ans ont passé, on change en quinze ans.

XXI

Mercredi 4 mars 1981 — 9 h 30

— Monsieur le Juge, annonce l'huissier, il y a là un certain M. Mathieu qui demande à vous voir. Il dit que c'est au sujet de l'affaire Benoît Rouquier.

— Priez-le d'attendre un instant, je vais le recevoir.

Mathieu ? Ce nom ne dit rien au juge qui, par habitude, s'est ménagé un temps de réflexion. Il consulte son dossier, la première feuille, celle où il a coutume de récapituler les noms de toutes les personnes citées dans une affaire, avec en regard un simple renvoi à la cote de la ou des pièces où ces noms apparaissent. Un vieux truc de métier, rien de plus qu'un outil de travail sans aucun caractère officiel, mais qui lui permet d'un coup d'œil de s'assurer que le nom de Mathieu intervient pour la première fois dans le crime d'Archail.

— Qui peut bien être ce Mathieu ? Le nom de

Rouquier n'a pas été divulgué, la presse ne sait rien des récents développements de l'enquête, et il ne peut y avoir eu d'indiscrétion. Pourtant Mathieu souhaite l'entretenir de Benoît Rouquier, le prénom lui-même est exact.

Il n'est pas fréquent, dans le travail d'instruction, de recevoir des personnes dont rien ne laisse présumer le rapport qu'elles peuvent avoir avec une procédure en cours. En règle générale, les policiers débroussaillent, puis le magistrat planifie, convoque, entend, confronte sur des points qu'il a eu tout le temps de choisir, il a la maîtrise du déroulement de l'enquête, ce qui le met en position de force vis-à-vis de son interlocuteur, il a l'avantage de l'offensive, le choix du terrain et des armes.

Il en va tout autrement lorsqu'il s'agit de recueillir, à froid, une déclaration spontanée, dont il ne sait même pas sur quoi au juste elle va porter. Impossible d'élaborer une tactique, il lui faut s'en remettre à l'inspiration du moment, et laisser venir.

Comble de malchance, Mme le Greffier est grippée, il est seul et ne peut pas même respecter les règles de procédure. Le juge soupire, prend un temps, puis appuie sur le bouton de la sonnette. L'huissier ouvre la porte.

— Faites entrer M. Mathieu !

L'homme qui vient d'être introduit porte allégrement la soixantaine, les traits fortement accusés, mais l'allure très jeune. Un peu plus grand que la moyenne, costume prince-de-galles gris bien coupé, cravate en tricot unie sous un col de chemise à l'anglaise. Il semble parfaitement à son aise.

— Asseyez-vous, monsieur Mathieu !

— Je vous remercie, monsieur le Juge.

— Monsieur Mathieu, vous avez demandé à me voir à propos de Benoît Rouquier... Je vous écoute. De quoi s'agit-il ?

— Je n'ai que peu de chose à vous apprendre, monsieur le Juge. Simplement ceci : Benoît Rouquier, qu'on a trouvé mort non loin d'Archail l'été dernier, était mon gendre. Pour être tout à fait précis, mon ex-gendre.

Mathieu se tait, il attend. Le juge se tait aussi quelques secondes, le temps d'enregistrer l'information. C'est que les questions à poser se bousculent, et il ne sait par laquelle commencer. Il gagne du temps :

— Puis-je savoir pourquoi vous ne vous êtes pas manifesté jusqu'à aujourd'hui ?

— Je ne vous comprends pas, monsieur le Juge. Je l'ai appris hier, dans la soirée, je viens vous voir ce matin, il n'y a pas eu de temps perdu, ce me semble !

Le juge lève la main dans un geste qu'il veut apaisant.

— Je crois qu'il y a malentendu, monsieur Mathieu. Si vous vouliez bien vous montrer un peu moins laconique, je gage que nous y verrions vite plus clair ! Nous sommes d'accord ?

— Certainement. Je suis venu pour ça. Tout est d'ailleurs bien simple. Hier soir, ma fille, qui habite la région parisienne, m'a téléphoné pour me dire qu'elle avait été interrogée par deux policiers de Versailles au sujet de son ex-mari, Benoît Rouquier, tué à Archail en juillet dernier dans des circonstances encore inconnues. Ces policiers lui ayant déclaré agir selon les ordres du juge d'instruction de Digne, me voici, à votre disposition ! Encore que je n'en sache pas davantage que ce que je viens de vous dire. Pour être tout à fait sincère, j'étais... disons venu aux nouvelles !

— Je comprends. Il semble donc que vous n'ayez pas appris l'été dernier la mort de Benoît Rouquier. Pourtant, la presse en a parlé à l'époque.

— Je me souviens fort bien du fait divers, monsieur le Juge. Je l'ai lu en son temps. Mais à aucun moment il n'a été question de nom. Mon journal parlait, si j'ai bonne mémoire, d'un mort non identifié.

— Une photographie a été publiée...

— Je vous avoue n'y avoir pas prêté grande attention, tout ce que je puis vous dire, c'est qu'elle ne m'a pas frappé. Je n'y ai vu aucune ressemblance avec qui que ce soit connu de moi. Je me rappelle vaguement un visage barbu, rien d'autre.

— Et le prénom ?

— Le prénom ?

— La presse a révélé le prénom sous lequel votre ex-gendre était connu à Archail, monsieur Mathieu.
Mathieu réfléchit quelques secondes.
— C'est exact, maintenant que vous m'y faites penser, je me souviens. Il s'agissait, je crois, d'un prénom composé, dont la seconde partie était Benoît. Mais je suis certain que ce n'était pas Benoît tout court. Attendez ! Paul-Benoît ? Pierre-Benoît, non c'est l'écrivain ! Jean-Benoît, sans doute, oui, ce devait être Jean-Benoît.
— Vous n'avez fait aucun rapprochement ?
— Absolument pas ! Quel rapprochement vouliez-vous que je fasse, à part éventuellement la ressemblance des prénoms ? Je ne me sens pas concerné par un vague fait divers et je présume qu'il doit exister des Benoît ou Jean-Benoît par milliers... Quant à la photo, quand bien même elle aurait présenté certaines analogies avec le visage de mon ex-gendre, je ne les aurais pas remarquées. Voyez-vous, monsieur le Juge, je l'ai rencontré pour la dernière fois avant qu'il abandonne son foyer, il y a bien dix ans de cela... Et par la suite, avant qu'il disparaisse complètement de la vie d'Elisabeth, j'ai tout fait pour l'éviter.
— Pourquoi ?
— Cela valait mieux pour lui, monsieur le Juge ! S'il m'était tombé sous la main, je l'aurais certainement corrigé ! et d'importance ! C'était un sale individu !
— Et si vous l'aviez rencontré l'an dernier ?

Mathieu sourit et regarde le juge bien en face.

— Le temps passe, monsieur le Juge, les rancunes demeurent, mais elles se — comment dire ? — elles se désactualisent, perdent leur charge émotionnelle. Les personnes en présence, dix ans plus tard, ne sont plus les mêmes. Pour répondre de façon précise à votre question et à tout ce qu'elle pourrait sous-entendre, je n'aurais pas tué Rouquier par rancune si je l'avais rencontré l'an dernier. Mais j'ignorais totalement sa présence dans la région, et il ne m'avait pas donné signe de vie, ce qui est tout à fait normal, il me semble, il ne pouvait ignorer mes sentiments à son égard ! Nous n'avions depuis des années plus rien en commun, je suis certain qu'il ne souhaitait pas me voir, la réciproque étant vraie !

— Il aurait pu, par votre intermédiaire, avoir des nouvelles de ses enfants ?

— Il lui était beaucoup plus simple, s'il l'avait souhaité, d'en avoir autrement. Une lettre à son père par exemple, ou à Elisabeth. Elle aurait eu la faiblesse, ou le scrupule comme vous voudrez l'appeler, de lui répondre. Non ! Je demeure convaincu, ne connaissant que trop le personnage, qu'il était totalement indifférent à leur sort, il n'était préoccupé que de lui-même. Je vous le répète, monsieur le Juge, Benoît Rouquier était à tous égards un sale individu, et je pèse mes mots !

— Pensez-vous que quelqu'un ait pu avoir intérêt à sa mort ?

— Je n'en ai aucune idée. Il y a plus de dix ans

que je ne l'ai pas vu et cinq, plutôt six, que je n'ai plus entendu parler de lui. Tant de choses ont pu se produire pendant cette période... Mais le fait est que quelqu'un l'a tué !

— Je vous remercie, monsieur Mathieu. Sans doute serai-je amené à vous demander de confirmer les termes de cet entretien par procès-verbal régulier d'audition, d'ici quelques jours. C'est impossible aujourd'hui, mon greffier est absent.

— Je reste à votre disposition, monsieur le Juge.

— Fort bien ! Une dernière question, si vous voulez. Etiez-vous à Digne au moment du meurtre de Benoît Rouquier, le 8 juillet dernier ?

— Je ne m'absente pratiquement jamais en juillet et août, sauf pour des périodes n'excédant pas quarante-huit heures, le temps d'une course en montagne. Mais c'est à Digne que j'ai eu connaissance par mon journal de l'affaire d'Archail, donc j'étais à Digne.

— Vous aimez la montagne ?

— C'est ma passion, monsieur le Juge. A part ma fille...

— Vous étiez en montagne le 8 juillet ?

— J'y suis en moyenne trois ou quatre jours par semaine. Quant à vous dire où je me trouvais exactement le 8 juillet ? Je n'en ai aucune idée.

— Essayez de vous souvenir !

— Je comprends fort bien, monsieur le Juge, l'intérêt que vous attachez à votre question ! Et j'ai, me semble-t-il, tout autant intérêt que vous à une réponse précise. Permettez-moi donc de la différer, le temps de rassembler mes souvenirs et de ne pas vous dire n'importe quoi ! Vous perdrez ainsi moins de temps à vérifier.

— Ne prenez pas la mouche, monsieur Mathieu ! N'est-il pas normal, ne serait-ce que dans votre intérêt, de clarifier ce point ?

— Je ne prends pas la mouche, monsieur le Juge, je sais d'expérience ce qu'est une procédure d'instruction.

— Ah bon ?

— J'appartenais, il y a quelques années encore, avant de prendre ma retraite, au service des enquêtes douanières à Marseille. Les techniques me sont familières, même si la nature des affaires n'est pas la même.

— Nous sommes donc entre gens de métier, dit le juge.

— Ce qui m'autorise, monsieur le Juge, à vous présenter une requête. Ma fille Elisabeth a suffisamment souffert du fait de Benoît Rouquier. Ses souvenirs sont encore douloureux. Pouvez-vous faire en sorte qu'elle soit, dans la mesure du possible bien sûr, tenue en marge de l'enquête ?

— Dans la mesure du possible, oui, monsieur Mathieu.

XXII

Mercredi 4 mars 1981 — 10 h 30

Confortablement installé dans la quiétude de son cabinet, les deux coudes solidement plantés sur le bureau, le dossier Rouquier entre eux, le juge se laisse aller à ses réflexions.

Un type bien, ce Mathieu, qui voit les choses clairement, en face. Rude, abrupt, difficile à manipuler. Il n'a fait aucun mystère de son hostilité envers Rouquier, mais il a de bonnes raisons, et il n'est pas le premier à manifester à son endroit des sentiments pour le moins inamicaux, Luis Cortès est dans le même cas ; l'enquête pourrait bien en révéler d'autres.

Mathieu a fort bien compris que, ne serait-ce que pour éliminer une hypothèse de travail qui ne peut manquer de venir à l'esprit, un alibi lui était nécessaire. D'autant plus nécessaire, mais Mathieu ne peut pas le savoir, qu'en fonction des éléments du dossier, le meurtrier est sans doute un amateur de montagne. Pourquoi pas le marcheur expérimenté au sac rouge décrit par l'un des rares témoins ? Mathieu a-t-il un sac rouge ?

Sa réaction a été typiquement celle de l'honnête homme n'ayant rien à cacher ou à se reprocher, de prime abord choqué qu'on puisse le mettre en question, puis incapable de fournir une réponse précise, enfin, l'expérience aidant, à nouveau sûr de lui, conscient de la nécessité de faire la lumière sur son emploi du temps un jour donné et sachant qu'avec de la méthode, il parviendra à se souvenir. Le pousser plus avant n'aurait servi à rien, il ne parlera que lorsqu'il sera certain de ce qu'il avance. C'est dans sa nature. Quel que soit son rôle dans cette affaire, en admettant même, par pure hypothèse, qu'il soit le meurtrier, ses déclarations seront cohérentes et difficiles à battre en brèche.

Car ce type bien peut parfaitement avoir tué. Les annales judiciaires débordent de crimes commis par des types bien.

On ne peut rien déduire de sa spontanéité à se présenter. Qu'il soit ou non impliqué dans l'affaire, dès lors qu'il était averti par sa fille, il devait s'attendre à être convoqué d'un jour à l'autre. En parfaite cohérence avec la personnalité que le juge lui attribue, il n'avait qu'un seul choix, prendre les devants. En outre, Mathieu se donnait ainsi très tôt l'occasion de présenter sa requête en faveur de sa fille : réveiller le moins possible ce passé lamentable, ne pas rouvrir inutilement des plaies dont la cicatrisation est toujours imparfaite.

Attitude bien compréhensible, qui dénote une affection si profonde qu'elle dément en partie le joli couplet sur la « désactualisation » des sentiments, une expression un peu trop littéraire, trop élaborée pour être sincère.

Le juge croit bien connaître les hommes. Combien en a-t-il vu défiler devant lui ! Une longue expérience lui a appris, non pas à anticiper, à émettre des jugements a priori, mais à évaluer ce dont ils peuvent être capables. L'intuition, dans les sciences exactes, permet d'avancer des hypothèses, pourquoi n'en irait-il pas de même en psychologie criminelle ?

Deux questions peuvent être posées à propos de Mathieu. Peut-on, raisonnablement, admettre qu'il soit capable de tuer par vengeance, ou pour l'amour de sa fille ? Ou qu'il soit capable d'avoir rédigé la lettre anonyme ?

Le juge évoque avec nostalgie la petite comédie en un acte qu'on jouée dans son cabinet les inspecteurs Villemain et Contat. Il aimerait bien la rééditer sur le thème Mathieu, mais ce n'est pas possible. Et, en l'absence de Mme le Greffier, il en est réduit à assumer seul le double rôle de l'accusation et de la défense.

Il est convaincu que Mathieu entre dans la catégorie des hommes capables de tuer. Un meurtrier potentiel, comme dirait sa collaboratrice. Mais quelles circonstances auraient pu justifier le passage à l'acte ? Pas un calcul sordide, non ; pas non plus une vengeance à froid ; pas non plus... A force d'énumérer des « pas non plus », il ne reste pratiquement rien qui puisse motiver le meurtre, rien de connu en tout cas. Rien que l'hypothèse de plus en plus séduisante de la rencontre fortuite...

Quant à la lettre anonyme, il convient de nuancer. S'il s'était agi, comme c'est généralement le cas, d'une dénonciation honteuse, le juge dirait non sans hésiter, ce n'est pas dans la logique du personnage. Mais il ne s'agit de rien de tel, et il est permis de supposer que Mathieu, en juillet dernier, a bel et bien identifié l'inconnu d'Archail comme étant son ex-gendre, mais s'est gardé de le révéler, ne serait-ce que pour préserver la sérénité de sa fille, une raison pour lui suffisante. Puis, plus tard, un motif assez fort pour le faire changer d'attitude serait intervenu, et il aurait alors décidé de mettre la justice sur la voie. Pourquoi pas ?

Encore faudrait-il savoir sur quelle voie ? Celle de l'auteur du meurtre ? Celle de l'identification de la victime ? Aucune certitude. C'est un point qu'il faudra établir lors d'une audition officielle : Mathieu connaissait-il la présence de Benoît Rouquier à Mercœur ?

Dans ces conditions, la relation entre le meurtre et la lettre anonyme change de nature. Au niveau des mobiles d'abord, le meurtre et la lettre peuvent avoir des objectifs différents. Au niveau des personnes ensuite, le juge est de plus en plus convaincu que ce drame comporte plusieurs acteurs. Le seul lien certain entre les deux faits reste Benoît Rouquier. On ne peut vraiment pas dire que la situation se clarifie...

Il faudrait en savoir plus long sur ce Mathieu. Il convient de conforter l'impression qu'il a donnée par des éléments moins subjectifs... ou de l'infirmer. Il a servi longtemps dans les douanes à Marseille, c'est bien le diable si les hommes du S.R.P.J. n'ont pas les moyens d'en apprendre un peu plus long sur son compte.

Bonne occasion aussi de bavarder avec le chef des policiers marseillais, le mettre au courant du développement de l'affaire comme il le lui a promis, recueillir ses impressions...

Le juge décroche son téléphone.

XXIII

Mercredi 4 mars 1981 — 13 h

— C'est de votre faute ! Rien de tout cela ne serait arrivé si vous aviez déclaré en juillet dernier avoir reconnu Benoît sur la photo du journal. Ou si vous ne m'aviez pas empêchée d'aller dire à la police que, moi, je l'avais reconnu !

— Voyons, Marthe ! Vous n'allez pas encore remettre cette question sur le tapis. Nous en avons parlé vingt fois, et je n'exagère pas ! Vous savez bien que je voulais avant tout éviter de réveiller les tristes souvenirs d'Elisabeth, et vous étiez d'accord. Souvenez-vous, bon Dieu ! Vous étiez d'accord !

— Ne jurez pas ! Vous savez que je ne le supporte pas. Quant à Elisabeth, on ne peut pas dire que ce soit réussi... Ils sont bien réveillés, ses tristes souvenirs !

Entre Jean Mathieu et sa vieille cousine, cette discussion est en effet loin d'être la première. Ils se chamaillent à propos de n'importe quoi, non sans acrimonie parfois.

Ils vivent ensemble depuis la mort de la mère d'Elisabeth. Ils se nomment cousins, mais le lien de parenté entre eux est nul. Elisabeth est, du côté de sa mère, la petite-nièce par alliance de la vieille demoiselle. Il n'empêche qu'elle adore la jeune femme, qui est sa filleule, autant qu'elle adorait sa mère. Lorsque, devenu veuf, Mathieu lui avait demandé de venir s'installer chez lui pour s'occuper de l'enfant, elle avait accepté d'enthousiasme. L'arrangement avait admirablement fonctionné, et continuait d'exister, bien que sa raison d'être initiale ait depuis longtemps disparu.

Mais il n'était venu à l'idée ni de l'un ni de l'autre de le remettre en cause. Elisabeth partie, Marthe Faurier restait la gouvernante de la maison. Une maison où Mathieu faisait toujours à ses yeux figure d'intrus : elle lui venait de sa femme. Un jour où Marthe était d'humeur particulièrement amère, il s'était lui-même défini comme le veuf consort ; elle avait convenu en souriant qu'il y avait de cela. Mais, généralement, elle donnait à leurs relations un tour volontiers conflictuel, dont il avait cessé de s'émouvoir. C'était leur façon de coexister au jour le jour, l'affection qu'ils portaient l'un et l'autre à Elisabeth se chargeant de résoudre les crises aiguës.

— Ils sont réveillés, un point c'est tout, pas par notre faute ! Et je me demande bien comment ils sont parvenus à identifier Benoît...

— Le juge ne vous l'a pas dit ?
— Le juge ne m'a rien dit du tout ! Il s'est plutôt ingénié à me faire parler, comme si j'étais un suspect possible. Il m'a prévenu : je vais devoir lui fournir un emploi du temps détaillé pour le jour où Benoît a été tué. Heureusement que j'ai mon carnet...
— Il y a cru, à votre carnet ?
— Je ne lui en ai encore rien dit. De toute façon, ce jour-là, je suis allé à Cousson, j'y ai même rencontré quelqu'un que je connais, c'est vérifiable.
— Le lui avez-vous dit ?
— Non, évidemment ! Si j'avais été en mesure de lui répondre sans réfléchir sur mes faits et gestes d'un jour précis vieux de plusieurs mois, ç'aurait été anormal. J'ai préféré temporiser. La prochaine fois, je lui dirai exactement ce que j'ai fait, et on n'en parlera plus...
— Ce que vous m'avez dit à moi ?
— Exactement ! Je vous le répète, exactement !
— Et moi, je ne suis pas du tout certaine que vous ne l'avez pas tué le matin, à Archail, après quoi vous avez grimpé à Cousson pour vous fabriquer un alibi sur mesure ! Mais rassurez-vous ! Après ce que Benoît a fait à Elisabeth, je ne vous en voudrais pas. Des gens comme lui ne méritent pas de vivre, je l'aurais volontiers étranglé de mes propres mains !

Mathieu ne peut s'empêcher de sourire devant l'énergie meurtrière manifestée par ce petit bout de femme de bientôt quatre-vingts ans, dont la sincérité ne fait pas de doute.

— Croyez ce que vous voulez, Marthe, après tout, ça m'est égal. Mais n'allez pas mettre des idées pareilles dans la tête d'Elisabeth, ce ne serait pas de nature à l'apaiser. Déjà hier soir, lorsqu'elle a téléphoné, j'ai senti comme une sorte d'inquiétude dans sa voix, comme si elle aussi, avait des doutes. Et cela, je ne pourrais pas le supporter...

Marthe préfère changer de sujet :

— J'espère que vous avez bien dit au juge que Benoît était un individu malfaisant ?

— Je lui ai même nettement exprimé que je ne le portais pas dans mon cœur, je crois l'en avoir persuadé. Mais encore une fois, Marthe, je vous répète que je ne l'ai pas tué, je n'étais pas même sûr qu'il soit le mort d'Archail. Les photos étaient si mauvaises...

— Mais moi, j'étais certaine qu'il s'agissait bien de lui. Et j'avais raison. La preuve !

— D'accord, vous aviez raison, mais j'étais de mon côté si peu sûr que j'ai payé, il y a à peine plus de deux mois, la prime de son assurance-vie, vous vous souvenez ? Si j'avais cru à sa mort, je n'avais aucune raison de continuer à payer !

— En tout cas, maintenant, vous n'avez plus à payer. C'est l'assurance qui va devoir payer à Elisabeth le capital assuré. Avez-vous parlé de l'assurance au juge ?

— Ma foi, non ! L'idée ne m'en est pas venue,

d'ailleurs je ne pense pas que ça puisse l'intéresser.

— Oh mais que si ! Cela va l'intéresser. Comment ? Vous avez souscrit autrefois une assurance-vie de 450 000 F au profit de votre fille sur la tête de votre gendre, la mort de Benoît rapporte 450 000 F à Elisabeth, cela vous fait un mobile parfait pour le tuer. Le juge va s'en frotter les mains !

— Une dernière fois, je n'ai pas tué Benoît, dit Mathieu avec lassitude.

— Je veux bien vous croire, moi ! Mais le juge n'a pas les mêmes raisons que moi de vous croire. Ah ! si seulement vous m'aviez écoutée en juillet dernier au lieu de n'en faire qu'à votre tête, tous ces ennuis seraient terminés !

— Vous en parlez à votre aise, ce ne sont pas vos ennuis, mais les miens, c'est moi que le juge d'instruction va tourner et retourner sur le gril, pas vous !

— Ennuis ou pas, Elisabeth a besoin de cet argent, elle y a droit et vous le savez parfaitement. Vous devez vous en occuper !

— Laissez-moi au moins quelques jours de réflexion...

XXIV

Jeudi 12 mars 1981 — 9 h 15

Sur le bureau du juge, une chemise de bristol que Mme le Greffier vient d'extraire d'une enveloppe et de lui remettre : le dossier composé par le S.R.P.J. de Versailles sur sa commission rogatoire. En tête, le classique bordereau récapitulatif, identification de Benoît Rouquier, recherche de Paul Rouquier, son père, audition de Paul Rouquier, audition d'Elisabeth Mathieu ex-Rouquier, note du service des Renseignements généraux, rapports de recherche, note de la Surveillance du Territoire, pièces jointes. Un dossier en bonne et due forme, bien construit, apparemment documenté.

Mais rien de plus qu'un dossier, du papier, des mots toujours plus neutres que ce qu'ils sont censés refléter.

— Voyez-vous, madame le Greffier, la justice, qui implique des hommes et des femmes dans leurs actes, leurs émotions, leurs passions jus-

— 133 —

qu'aux plus extrêmes, s'exerce pour sa plus grande part au travers d'une paperasserie que le formalisme rigoureux de la procédure contribue à dépersonnaliser, déshumaniser davantage encore ! Quel anachronisme en ce temps où l'audio-visuel est partout présent ! Sauf à l'esprit des caciques de la Chancellerie : surtout ne toucher à rien, ne rien changer, telle semble être la devise des penseurs en chambre de la place Vendôme ! S'ils pensent encore !

— Vous voilà bien acide, monsieur le Juge !
— On le serait à moins. J'ai la responsabilité de tirer au clair cette affaire d'Archail, je reconnais qu'à titre personnel elle me captive. Mais de mes yeux, en direct, je n'ai pour le moment vu que deux hommes, Luis Cortès et Jean Mathieu, dont je ne sais même pas avec certitude s'ils ont quelque chose à voir avec le meurtre... Au moins, avec MM. Villemain et Contat...
— Ils vous ont séduit, ces deux super-détectives !
— Pas vous ?
— Le plus jeune n'arrêtait pas de loucher sur mes genoux. Je déteste ça.
— Mais vous avez de très beaux genoux, madame le Greffier, dit le juge sur le ton de la plus profonde conviction.

L'identité de Benoît, Alphonse, Jean Rouquier est maintenant parfaitement établie. Les recherches à la mairie de Houilles, où il suffisait de tourner une à une les pages du registre des naissances de 1943, l'ont précisée. La chance était de la partie, les enquêteurs n'ont pas eu à scruter feuille après feuille jusqu'au 31 décembre pour parvenir au but. L'intéressé a eu le bon goût de naître le 14 février, fils de Paul et de Jeanne Laurent, son épouse, demeurant à l'époque, 12, chemin de la Procession. En marge de l'extrait d'acte qu'il a sous les yeux, le juge lit : marié le 9 août 1966 à Digne avec Mathieu Elisabeth.

Le document suivant concerne Paul Rouquier, père de la victime, retrouvé après une courte enquête, non pas à Sucy-en-Brie, mais dans la commune voisine d'Ormesson. Soixante-dix ans, veuf depuis trois ans, ingénieur S.N.C.F. en retraite, il a déclaré aux enquêteurs qui l'interrogeaient :

« La photographie que vous me montrez représente bien mon fils Benoît. Je le reconnais formellement, bien qu'il ait beaucoup changé depuis la dernière fois où je l'ai vu, il y a sept ou huit ans. Voici d'ailleurs une photographie familiale, la plus récente que je possède de lui, elle est datée au verso de juin 1969, vous constaterez l'identité de personne. Je vous autorise à conserver cette épreuve si elle vous est nécessaire pour les besoins de l'enquête. »

Plutôt brutal comme entrée en matière ! Par bonheur, le juge a suffisamment la pratique des enquêtes de police pour savoir que le procès-verbal n'est pas la reproduction fidèle des circonstances dans lesquelles s'est déroulée l'audition.

Sinon, quel choc pour le père ! Il scrute l'épreuve, la compare à celle du mort d'Archail. Le doute n'est pas permis en dépit des différences dues à l'âge et à la barbe. Il lui faudra néanmoins ne pas oublier de faire effectuer une expertise technique, mais par simple esprit de rigueur. Le magistrat note sur son bloc de bureau et poursuit sa lecture.

« *Demande :* Votre fils a-t-il subi, à votre connaissance, une intervention chirurgicale ?

Réponse : Benoît a été opéré de l'appendicite par le professeur de G... à l'hôpital Foch de Suresnes en 1959, ou 1960, je ne me souviens pas au juste, mais je pourrai le retrouver. »

La commission rogatoire prévoyait cette vérification si elle était possible. Elle l'a été, l'enquête sur l'identité du mort d'Archail peut être considérée comme close.

— Nous voici enfin en possession d'une première certitude, madame le Greffier, dit le juge, la victime est formellement identifiée.

— L'auteur de la lettre anonyme a donc atteint son but. Il ne le sait pas, mais il l'a atteint. Nous, nous le savons... En revanche, nous ignorons toujours quel est ce but !

Le juge continue sa lecture :

« S.I.R.[1] Je n'ai plus reçu aucune nouvelle de mon fils depuis une lettre datée de Mercœur, en Corrèze, en 1974. Je n'ai pas conservé cette lettre,

---

[1]. S.I.R. : formule de procédure, abréviation de « Sur interpellation, répond ».

ayant dans ma réponse signifié à Benoît que je ne voulais plus entendre parler de lui, en raison de sa conduite inqualifiable envers ses enfants. C'était un égoïste, doublé d'un instable, que la moindre difficulté rebutait. Il était en outre devenu profondément asocial. Sa mort misérable ne peut bien sûr me laisser indifférent, mais je ne puis dire qu'elle me surprenne, elle est dans la ligne de la vie déréglée qu'il avait choisie en dépit de mes efforts. La seule période stable qu'il ait connue depuis qu'il a atteint l'âge adulte est celle de son mariage avec une jeune fille, Elisabeth Mathieu, sur laquelle j'ai depuis reporté toute mon affection paternelle, n'ayant pas eu d'autres enfants. »

Aux yeux du juge, derrière ces phrases sèches rédigées par les policiers, le personnage prend corps. Un homme aux principes rigoureux, austère parfois, taisant par pudeur une affectivité certaine. Il y a peu de chance qu'il ait été pour Benoît un père complaisant. Il n'a dû montrer de complaisance à personne, y compris lui-même. Ni dans sa vie privée ni dans sa vie professionnelle.

« Après des études secondaires médiocres, néanmoins sanctionnées par le baccalauréat, Benoît s'est inscrit en faculté en vue d'une licence en droit qu'il a finalement obtenue, porté à bout de bras par sa femme, son beau-père et moi-même, deux ans après son mariage. Puis, grâce à des relations personnelles, j'ai pu lui faire obtenir un emploi correctement rémunéré pour ses connaissances et l'énergie qu'il était capable d'y appliquer. Il s'agissait de contentieux dans une importante affaire d'assurances.

« J'ai pu croire un certain temps, l'âge venant, un enfant étant né, qu'il avait enfin trouvé la stabilité, mais il m'a fallu tôt déchanter. Un an plus tard, je me suis vu dans l'obligation, afin de lui éviter des poursuites pour détournement, de combler un trou, important pour moi, compte tenu de mes ressources. Benoît a été congédié, bien entendu, mais il évitait la correctionnelle et le déshonneur public. Par égard pour ma belle-fille, à cette époque enceinte de son second bébé, et qui n'avait au demeurant pas profité pour un centime des sommes que mon fils s'était appropriées, je ne lui en ai rien dit, et ai concouru à la légende d'un licenciement pour suppression d'emploi. »

— Ce Benoît avait vraiment tout pour plaire, commente à haute voix le juge. Il était aussi malhonnête ! Un faible, un velléitaire, pas un piège de la vie où il ne soit venu donner du nez comme à plaisir.

« J'ai évidemment voulu savoir pourquoi Benoît s'était ainsi conduit, au profit de qui ? L'explication a donné lieu à une scène odieuse, dont le souvenir reste présent à ma mémoire. Le mot honneur n'avait aucun sens pour lui, il m'a ri au nez. Le fric des bourgeois, disait-il avec mépris, était bon à prendre, il l'avait donné à une femme dont il avait fait son égérie et sa maîtresse, une femme pas comme la dinde qu'il avait épousée..., une femme hors du commun, engagée dans le vrai combat révolutionnaire, que sais-je encore ? Le fric des bourgeois pour une fois servirait une juste cause : on en faisait des bombes pour faire tout sauter ! »

Le juge n'est pas tellement surpris, moins probablement que ne le fut le père. Il a eu l'occasion de rencontrer, à titre professionnel, certains anarchistes issus comme Benoît de milieux privilégiés. Les uns se jettent corps et âme dans l'aventure révolutionnaire, au mépris total de la vie, la leur comprise. Des ultras ! Les autres se contentent de flirter avec la doctrine, mais s'avèrent incapables de faire le saut. Jusqu'où a pu aller Benoît ?

« Voilà ce que mon fils était devenu. Et à ses yeux, c'était de ma faute, je n'avais à m'en prendre qu'à moi, l'éducation contraignante, l'instruction que je lui avais imposées au nom de je ne sais quels principes périmés, l'emploi que par honteux privilège de caste je lui avais procuré, tout cela concourait à démontrer s'il en était besoin que la société est pourrie et qu'il faut la détruire, tout foutre en l'air pour employer son expression... Maintenant, ajoutait-il, il avait trouvé sa voie, et rien ni personne ne l'en détournerait ! »

Le juge relit attentivement ce paragraphe où apparaît une contradiction énorme que le père, tout à son indignation, n'a pas perçue. Pauvre révolutionnaire que Benoît. Il se proclame tel hautement, mais il en accuse son père, il en rejette sur lui la faute, la responsabilité... Significatif, ce mot faute : au fond de lui-même, il se sent coupable et se décharge sur un autre de cette culpabilité.

« Sur un point seulement, je suis parvenu à lui faire entendre raison : ne rien dire à Elisabeth, ne prendre aucune décision irréversible avant la naissance du bébé. Je pensais en effet que Benoît aimait sincèrement son fils, qu'il aimerait aussi l'enfant à naître et qu'en fin de compte la situation se dénouerait sans drame majeur. Je n'ignorais pas non plus que, très prompt à s'emballer, son enthousiasme ne durerait guère. Cette disposition de caractère que j'avais à maintes reprises déplorée jouait cette fois en ma faveur.

« J'avais en même temps tort et raison. Tort en ce sens que Benoît a ressenti ses enfants comme une entrave à sa liberté et leur en a voulu ; raison aussi, car, dès qu'il cessa d'intervenir en qualité de bailleur de fonds, ses nouveaux amis, sans illusions sur ses capacités réelles, le laissèrent à ses élucubrations et, pour autant que j'aie pu le savoir, disparurent sans laisser de traces. »

Par une série de questions, les policiers de Versailles s'étaient efforcés d'établir une chronologie précise de ces différents événements, mais sans apporter rien de nouveau. Abandonné par ses amis révolutionnaires, Benoît ne s'était pas rapproché de sa famille, c'est tout ce que le juge peut en conclure.

« Peu après la naissance de leur second enfant,

mon fils quitta sa femme, la laissant profondément désemparée, pour aller vivre avec une étrangère, une Yougoslave, qui travaillait dans un atelier clandestin de couture. Lui-même avait retrouvé un emploi, dans une grande surface de la périphérie, intérimaire d'abord, confirmé ensuite. Je l'ai revu à cette époque plusieurs fois. La procédure de divorce n'était pas définitivement engagée, Elisabeth espérait encore, contre toute probabilité, qu'il lui reviendrait, elle refusait de le harceler, lui cherchant des excuses, parvenant à lui en trouver, la malheureuse ! Son père et moi — nous avions d'excellentes relations et les avons conservées — subvenions au mieux à ses besoins, Benoît n'y concourant que de façon sporadique, faisant à l'occasion un cadeau aux enfants, parfois disproportionné avec ses ressources, puis restant des semaines entières sans donner signe de vie.

« Je pensais qu'un divorce, assorti de l'astreinte à une pension alimentaire, représenterait pour Elisabeth et les petits une sécurité plus grande que ce mariage qui n'en était plus un. Je l'ai donc amenée, et financièrement aidée, à entreprendre une procédure régulière. Dès la phase initiale, une pension uniquement destinée à l'entretien des enfants, ma bru n'ayant rien voulu pour elle, avait été fixée par le président du tribunal. Pendant près de deux ans, le jugement de divorce étant intervenu entre-temps, elle fut payée sans régularité, mais néanmoins payée. Puis Benoît, je ne sais pourquoi, se retrouva une nouvelle fois sans travail, abandonna sa compagne dont il avait eu un enfant, et dut quitter la région parisienne où le clan yougoslave s'était mis à sa recherche. Pendant plus d'un an, je n'ai pas su ce qu'il devenait. Il avait complètement cessé de s'occuper des siens, mais Elisabeth travaillait et la petite famille subsistait tant bien que mal. »

Après les gitans, voici qu'apparaissent les Yougoslaves, ou plutôt le contraire, si l'on s'en tient à la chronologie des événements. Tous gens adeptes de la vendetta et à la rancune tenace ! Le juge pousse un gros soupir résigné, puis une idée lui traverse l'esprit, et il décroche son téléphone.

— Passez-moi le commissaire aux Renseignements généraux ! Juge Hersant à l'appareil... Comment allez-vous, mon cher Principal ? Dites-moi, un petit renseignement rapide, sur le pouce ! Avons-nous à Digne une colonie yougoslave ? Pas vraiment une colonie, deux ou trois personnes, pas davantage ? Et en règle ! parfait ! Sans histoires ? Apparemment bien entendu... Non, non ! inutile de m'envoyer leur liste... Merci de votre amabilité ! Au revoir, mon cher Principal !

Pas plus avancé, le juge reprend sa lecture.

« C'est alors que je reçus de Mercœur une première lettre dans laquelle Benoît me demandait un prêt, une avance sur ma succession, suggérait-il avec impudence, pour lui permettre de s'établir et de refaire sa vie, ayant enfin trouvé sa voie. Pas un mot, pas une allusion au sujet d'Elisabeth ou des enfants. J'en fus indigné !

Dans ma réponse, je lui ai représenté l'obligation où il était, moralement bien plus encore que sur le plan légal, d'assumer les responsabilités qu'il s'était créées naguère en fondant un foyer, puis en le détruisant. Une nouvelle lettre, où il proclamait que le passé n'avait pour lui plus aucune existence, que seul comptait à ses yeux l'avenir qu'il préparait avec ou sans mon concours, m'amena à la rupture définitive dont je vous ai déjà parlé.

« Je dois ajouter que j'ai pris devant notaire toutes dispositions utiles pour que mes deux petits-enfants reçoivent de moi le maximum légalement possible. A présent que Benoît a disparu, tout leur reviendra normalement et c'est très bien ainsi.

« S.I.R. La femme au profit de laquelle il m'a avoué avoir commis des détournements répondait au prénom de Valérie, je ne sais rien de plus à son sujet que ce que j'ai pu vous dire de ses engagements politiques. Quant à la femme pour laquelle il avait quitté Elisabeth et ses deux enfants, j'en ignore tout, je sais qu'elle était d'origine yougoslave, mais ne suis pas certain de sa nationalité, elle est seulement probable, comme il est probable qu'elle a eu un enfant de Benoît. Je n'ai pas cherché à en apprendre davantage à son sujet, ce bâtard n'ayant rien à voir avec moi. »

Le juge a accroché sur le prénom de Valérie. Il reprend le premier document de son dossier. C'est bien cela, sa mémoire ne l'a pas trahi, Valérie, Archail. Il doit y avoir quelques bonnes centaines de Valérie en France, combien parmi elles sont-elles marginales ? Celle d'Archail aurait-elle été l'égérie dont parle Paul Rouquier ? Il n'y a qu'une infime possibilité. Mais un fait néanmoins retient l'attention : comment Benoît est-il parvenu à Archail ? Par quel moyen a-t-il pu connaître l'existence de cette communauté établie en dehors des voies de circulation ? Valérie, reconvertie de l'activisme révolutionnaire dans l'anarchisme pastoral, serait-elle ce moyen ?

XXV

Jeudi 12 mars 1981 — 14 h 10

La lecture du procès-verbal d'audition d'Elisabeth Mathieu, divorcée Rouquier, n'apporte rien de nouveau, ni sur les faits ni sur la personnalité de Benoît. Il y apparaît tour à tour comme un être charmant, enjôleur même lorsque tout va bien, irritable, agressif, méchant à l'occasion, voire brutal, dès qu'un grain de sable vient gripper les mécanismes.

Elisabeth a fait sa connaissance à l'université, très vite il lui a plu.

« Il ne voyait pas le monde à la façon des autres, il avait pour le décrire recours à des images inattendues, souvent poétiques, toujours originales, frisant parfois la provocation. Je suis tombée follement amoureuse de lui, et nous avons vécu ensemble quelques mois. Un jour, j'ai parlé mariage, non pour régulariser ma situation, ce n'était pas le problème, mais parce que je désirais avoir des enfants. L'enfant, ce serait l'accomplissement, la plénitude... Mon exaltation, davantage sans doute que mes arguments, a eu raison de ses réticences. Benoît m'a donc présentée à son père qui m'a d'emblée reçue avec beaucoup de chaleur. Je l'ai présenté au mien dont, par contre, sous l'apparence d'un accueil affable, j'ai senti les réserves. Cela me chagrinait, car j'accorde beaucoup d'importance au jugement de mon père. Cependant, il n'a pas vraiment tenté de me dissuader de ce mariage. De toute façon, il comprenait que ç'aurait été en pure perte, ma décision était bien prise. En outre, Benoît avait compris qu'il n'était pas le bienvenu, et ne ménageait pas ses efforts pour conquérir l'estime de papa. Dans une certaine mesure, il semble y être un moment parvenu. »

La première année du jeune ménage avait été en tout point heureuse. Elle s'était achevée presque en même temps par le succès de Benoît à ses examens, les avant-derniers, et la venue au monde du petit François. Ils habitaient un logement de deux pièces dans le XIVe, et vivaient des subsides cumulés que les parents continuaient à leur verser jusqu'à la fin des études, ainsi en avait-il été convenu.

« Nous avons passé une partie des vacances à Digne, chez mon père, et c'est là que les choses ont eu l'air de s'arranger entre lui et mon mari. Il lui arrivait même de l'emmener en montagne, c'est chez lui un signe qui ne trompe pas. Mais, de mon côté, je devinais le caractère factice des efforts de Benoît. De plus en plus, au fur et à mesure que je sentais de sa part une désaffection croissante, il semblait vis-à-vis de mon entourage animé du désir de plaire, je ne parle pas d'autres femmes, pas encore, mais de briller, ou, s'il ne parvenait ainsi à monopoliser l'attention, tout aussi bien de choquer.

« A cette époque, Benoît lisait beaucoup et subissait manifestement l'influence de ses lectures. D'un livre à l'autre, mais sans prendre conscience de sa versatilité, il changeait d'opinion. Dès la rentrée, il se montra moins assidu à la faculté, plus indifférent à la maison. Je lui en ai fait la remontrance, ce qui m'a valu une scène pénible, au cours de laquelle il a cherché à me faire le plus mal possible, à me blesser, je veux dire sur le plan moral, affectif, pas physique. Pour la première fois, j'étais malheureuse, mais ce n'était que le commencement. Mes objurgations demeurant sans effet, je m'en suis ouverte à mon beau-père sur l'affection duquel je savais pouvoir m'appuyer. A son tour, il a durement sermonné Benoît, et les choses se sont un peu arrangées. Bref, en fin d'année, il décrochait de justesse sa licence. Dans le domaine matériel, c'était l'essentiel. Dans le courant de l'été, il commençait à travailler dans une société d'assurances.

« Son autonomie acquise, mon mari est redevenu presque comme avant. Il m'a expliqué, et aujourd'hui encore, je suis convaincue qu'à ce moment il était sincère, que la dépendance matérielle dans laquelle nous avions jusque-là vécu lui pesait au point d'en être devenue insupportable, mais que, maintenant, notre véritable vie allait commencer. Moi aussi, je le croyais, et d'un commun accord nous avons décidé d'avoir un second enfant. Hélas ! cette période faste n'a duré que peu de temps, pas même un an. Quelques semaines, deux mois en gros avant la naissance du bébé, nos relations se sont à nouveau détériorées. Benoît rentrait à n'importe quelle heure, sous des prétextes qu'il ne se donnait même pas la peine de colorer de vraisemblance, il se montrait odieux quand il était là. J'ai découvert qu'il avait une liaison avec une certaine Valérie, il ne s'en cachait pas véritablement. Pourtant, je l'aimais toujours, j'espérais qu'il s'agissait d'une simple passade et que l'arrivée du bébé raccommoderait, rénoverait plutôt le lien entre nous. Matériellement aussi, tout allait mal. Benoît venait d'être licencié de son emploi, à l'époque je croyais qu'il s'agissait de compression de personnel, j'ai su depuis la véritable raison, il avait commis des malversations et échappé de peu à des poursuites judiciaires... »

Le juge interrompt un instant sa lecture, il imagine cette jeune femme devant ses rêves détruits, ses illusions perdues, le désespoir qui s'impose à leur place. N'était le fait matériel qu'il a été trucidé et qu'il s'agit d'un acte prohibé par la loi, feu Benoît n'engendre pas particulièrement la sympathie, son meurtrier n'aura aucun mal à faire valoir les plus larges circonstances atténuantes.

« Il a quitté la maison définitivement quelques semaines après mon accouchement. Je le voyais néanmoins assez souvent, il venait prendre des nouvelles des enfants, m'apporter parfois un peu d'argent, mais sans que je puisse compter sur des rentrées régulières avec lesquelles j'aurais pu envisager de vivre tant bien que mal. Je n'y serais pas parvenue sans l'aide conjuguée de mon père et de mon beau-père. Complètement désemparée, bien des fois j'ai envisagé le suicide comme issue. Mais il y avait les deux petits... »

La suite de la déposition d'Elisabeth Mathieu confirme ce qu'avait dit Paul Rouquier, fin de la liaison de Benoît et de Valérie, divorce, pension alimentaire de plus en plus aléatoire. Elisabeth avait trouvé un emploi modeste. Mariage puis grossesses ayant interrompu ses études, elle manquait à la fois de diplômes et de qualifications professionnelles. Pour elle qui avait toujours connu la sécurité sinon un peu d'aisance, les difficultés où il lui fallait se débattre étaient décourageantes. Petit à petit, cependant, elle avait réussi à reprendre le dessus.

Puis Benoît, après une nouvelle aventure avec une étrangère, avait cessé de donner signe de vie, et ce n'était pas plus mal ainsi. Jamais elle ne parlait de lui à ses enfants, tout se passait comme si elle était veuve.

Veuve. Le même mot qu'avait employé Sarah Cantarel pour définir ce qu'elle était.

XXVI

Jeudi 12 mars 1981 — 16 h

Les pièces suivantes du dossier ne sont pas des auditions, mais des rapports. Elles relatent des recherches entreprises dans deux directions principales.

La première est courte. Le milieu yougoslave de la région parisienne est extrêmement fermé, et pour des raisons bien compréhensibles dont la première est le caractère clandestin de la résidence en France de nombreux immigrés. La solidarité propre à toutes les colonies d'expatriés aidant, les langues ne se délient pas et les indicateurs sont difficiles à recruter. L'aventure de Benoît est en outre ancienne, il a été impossible d'en retrouver la moindre trace. « Les recherches se poursuivent néanmoins. Si des éléments nouveaux venaient à être découverts, ils feraient l'objet d'un rapport complémentaire. » Telle est la conclusion.

Le juge connaît ce type de conclusions. Faute d'indices suffisants, la piste est bel et bien abandonnée, la police ne peut se permettre d'immobiliser sur une hypothèse à maints égards aléatoire des hommes dont elle a par ailleurs le besoin quotidien.

Le second axe de recherches concerne Valérie. Il a donné lieu à une littérature plus abondante. Point de départ, un prénom. Hypothèse de travail, un prénom vrai, du moins un pseudonyme usuel utilisé à une époque donnée, dans un secteur donné, Paris et banlieue, des activités révolutionnaires exactes ou prétendues. Tels sont les éléments de base que retient le préambule du rapport.

C'est peu, mais pas assez pour décourager des gens de métier qui ont à leur disposition, sous forme de fiches et de dossiers, la plus fantastique des mémoires, et dont l'informatique renforce aujourd'hui les moyens. Encore faut-il se servir de sa mémoire avec lucidité. Trois champs d'investigation ont été déterminés à partir de l'hypothèse de base. A chacun d'eux correspond une source spécifique d'informations mémorisées.

Première orientation, Benoît est banalement tombé, en bon naïf, entre les mains d'une bande d'escrocs qui lui ont, sous des prétextes idéologiques, soutiré autant d'argent qu'ils ont pu. Dans ce cas de figure connu, les archives en possèdent une bonne dizaine d'exemplaires, le silence de la victime est triplement garanti par sa loyauté de néophyte envers une cause d'une part, envers une femme ou un ami d'autre part. La troisième raison est que nul n'avoue volontiers avoir joué le rôle de pigeon. Toutefois, par mesure complémentaire de sécurité, dès que le groupe se sent éventé ou comprend que les largesses vont cesser, il prend rapidement ses distances et coupe les ponts. Valérie, si Valérie il y avait, et ses comparses changent simplement de nom, de prénom, d'adresse et de volaille à plumer...

Malheureusement, les indications recueillies auprès d'Elisabeth et de Paul Rouquier sont beaucoup trop limitées pour permettre de relier Benoît à un groupe d'arnaqueurs figurant dans les tablettes, tant de la Préfecture de Police pour Paris que de l'ex-Sûreté nationale pour la périphérie. La possibilité existe, mais l'enquête ne peut progresser au-delà de ce seuil.

A défaut de son dossier, le juge d'instruction vient d'enrichir ses connaissances criminologiques. Jamais il n'aurait osé imaginer ce modus operandi. La naïveté des hommes, lui compris, est décidément sans limites !

Peu importe en outre que les recherches en ce sens se heurtent à un mur. Si cette partie du passé de Benoît a quelque chose à voir avec sa mort à Archail, ce que rien ne démontre pour le moment, le lien ne pourrait être cette escroquerie à la petite semaine. En eût-il été la victime, il n'y aurait eu là aucune raison valable pour l'éliminer dix ans plus tard.

Deuxième orientation, les policiers ont envisagé que Benoît en avait peut-être rajouté sur les activités révolutionnaires de Valérie et de ses amis, ou que ces derniers aient fanfaronné et enjolivé à ses yeux des agissements à peine illicites auxquels s'adonnent par une sorte de jeu des groupuscules comme il en naît et disparaît trois par jour à Paris, et qui sont sans danger pour l'ordre public. Ils ont donc consulté les Renseignements généraux, toujours très au courant. Le juge sait d'avance où l'enquête va en venir : un tel foisonnement de possibilités que mieux vaudrait chercher une aiguille dans une botte de foin ! Par conscience professionnelle, il continue patiemment sa lecture pour découvrir deux paragraphes plus loin qu'il a mal anticipé. Trois Valérie en effet ont pu être découvertes, en coïncidence possible avec la coordonnée Benoît. Elles sont parfaitement identifiées. Deux d'entre elles sont aujourd'hui de respectables bourgeoises mères de famille ; on ne sait ce qu'est devenue la troisième. Suivent les identités des trois. Les enquêteurs ont préféré différer l'audition de celles qui ont été localisées en attendant de nouvelles instructions. Ils ont très bien fait, pense le juge, de respecter leur vie privée.

Cela dit, la troisième Valérie serait-elle celle d'Archail ? les patronymes diffèrent, mais c'est sans grande signification.

Reste, pour la bonne bouche, la troisième orientation, le groupe Valérie étant authentiquement impliqué dans l'action subversive, et tombant de ce chef dans le cadre de la compétence de la D.S.T. Plus question ici d'accéder directement à des dossiers, tout est couvert par le secret de la Défense nationale. Le directeur du S.R.P.J. de Versailles a donc adressé une demande de renseignements en bonne et due forme ; la copie en est annexée, ainsi que la réponse fournie. Elle est claire et précise.

Benoît Rouquier a été fiché à l'époque comme étant en relations étroites avec plusieurs membres d'un groupe soupçonné de se livrer à des actions terroristes, mais sur lequel n'existait alors aucune charge précise permettant une poursuite judiciaire. Deux jeunes femmes en faisaient partie, dont une se faisant appeler tantôt Valérie, tantôt Arlette, tantôt Martha. Elle purge actuellement une longue peine de prison en Allemagne de l'Ouest. Son arrestation remonte à 1978. La direction de la S.T. fournit son identité complète, mais demande que son nom ne soit cité à l'enquête sur le meurtre de Benoît Rouquier que dans le cas de nécessité absolue. Elle ajoute, pour en terminer, qu'à son avis l'affaire d'Archail n'est en rien liée aux activités politiques antérieures de la victime, qui n'ont eu qu'un caractère épisodique.

Et voilà ! La piste Valérie aboutit elle aussi à une impasse. La S.T., comme c'est parfaitement son droit, n'a dit que ce qu'elle voulait bien dire. Elle est en particulier muette sur les complices de Valérie au moment des faits. Nul doute pourtant qu'eux aussi aient été identifiés. Mais elle en a dit assez. Car s'ils étaient à un titre quelconque susceptibles d'être impliqués dans le crime d'Archail, la S.T. n'aurait pas manqué d'en faire état, bien au contraire elle aurait sauté sur l'occasion de mettre hors d'état de nuire un ou plusieurs individus jugés par elle dangereux, sans qu'elle ait besoin d'intervenir en direct. Le juge peut, en toute conscience, lui faire crédit sur ce point.

Le voilà donc, comme on dit à Polytechnique, ramené au problème précédent. Quel métier !

XXVII

Lundi 16 mars 1981 — 9 h

— Je vous présente mes respects, monsieur le Juge.

Spontanément, le petit juge s'est levé pour accueillir Mathieu, et lui a tendu la main.

— Asseyez-vous, monsieur Mathieu, je vous remercie d'être aussi ponctuel. Bien ! Je ne veux pas abuser de votre temps, venons-en donc sans tarder à notre affaire ! Pour clarifier la situation et puisque, lors de votre première visite, aucun procès-verbal n'a pu être dressé, j'ai cru bien faire d'en rédiger un bref résumé où j'espère n'avoir rien oublié d'essentiel. Ce résumé n'a pas de caractère formel, les déclarations que vous m'avez faites n'étant pas placées sous la foi du serment. Toutefois, si après lecture attentive vous en êtes d'accord, je pourrai lui attribuer, avec la valeur d'un simple renseignement, une cote au dossier.

— Comme vous voudrez, monsieur le Juge. De

toute façon, je ne pourrai aujourd'hui que vous répéter, en le précisant, ce que je vous ai déjà dit.

— Je n'en doute pas. Mon souci était seulement de conserver la trace de la visite que vous m'avez faite de votre propre initiative.

Le juge tend à Mathieu un document, dactylographié et signé, d'un peu plus d'une page. Mathieu le lit avec attention. Tout est scrupuleusement exact. Il note avec intérêt la formule : « M. Mathieu déclare ne pas être en mesure immédiate de justifier de son emploi du temps pour la journée du 8 juillet 1980, motif pris qu'il ne peut rassembler sur-le-champ et avec une précision satisfaisante des souvenirs relativement lointains. »

— Je ne vois rien à redire, monsieur le Juge, déclare-t-il en rendant la feuille. Tout s'est passé comme vous l'avez relaté. Il prend un temps et ajoute : Mais je suis aujourd'hui en mesure d'être précis sur les points où je m'étais montré évasif...

— J'étais convaincu que vous le pourriez.

Mathieu écoute la formule sacramentelle : « lequel, serment préalablement prêté de dire toute la vérité, rien que la vérité » et jure sans émotion apparente.

— Votre identité, monsieur Mathieu ?

Mme le Greffier dactylographie :

« Je me nomme Mathieu Jean, Henri, Fernand, soixante et un ans, veuf non remarié, fonctionnaire en retraite, demeurant à Digne, 14, rue des Acacias.

— Voulez-vous me redire les raisons qui vous ont amené, le 4 mars dernier, à vous présenter à mon cabinet ?

— Dans la soirée du 3 mars, j'ai reçu de Paris un coup de téléphone de ma fille Elisabeth m'informant qu'elle venait d'être entendue, sur commission rogatoire du juge d'instruction de Digne, par des enquêteurs de la police de Versailles au sujet de la mort de son ex-mari, Benoît Rouquier, dont le corps avait été découvert non loin du village d'Archail le 9 juillet 1980. Il s'agissait d'une mort violente. Dès le lendemain, je suis venu, à toutes fins utiles, me mettre à votre disposition.

— Notez également les questions, madame le Greffier. Monsieur Mathieu, la presse a relaté en son temps la découverte à Archail du corps d'un certain Jean-Benoît et a publié un signalement général ainsi qu'une photographie de la victime. N'avez-vous pas à ce moment fait le rapprochement avec votre ex-gendre ?

— Je me souviens parfaitement du fait divers dont j'ai lu le compte rendu dans mon journal. Mais je n'ai fait aucun rapprochement avec qui que ce soit, pas plus que je n'ai reconnu la photographie.

— Etait-ce la photographie que je vous présente ?

— C'est possible, mais je ne peux pas l'affirmer. Il s'agissait également d'un homme portant barbe et cheveux longs.

— Reconnaissez-vous à présent votre ex-gendre sur cette photo ?

— Pas avec certitude. Il y a dix ou onze ans que je n'ai pas vu Benoît, alors... Maintenant, en l'examinant avec attention, je constate une certaine ressemblance.

— Quelles ont été vos relations avec Benoît Rouquier depuis qu'il a abandonné votre fille ?

— Inexistantes.

— Vous n'avez jamais eu l'occasion de le rencontrer ?

— Jamais ! Je crois d'ailleurs vous avoir dit que j'avais souhaité éviter de le rencontrer.

— Pourquoi ?

— Nous n'y avions intérêt ni l'un ni l'autre. Je lui aurais dit des choses très désagréables et qui ne nous auraient menés à rien. Avec lui, c'était peine perdue. De plus, je n'étais pas mécontent de voir ma fille libérée de cet individu.

— Vous le détestez ?

— Certainement ! Il s'est conduit envers ma fille Elisabeth et ses enfants de façon odieuse.

— Vous vous réjouissez de sa mort ?

— La mort d'un être vivant, homme ou animal, même nuisible, ne m'a jamais réjoui, bien qu'elle fasse partie de l'ordre normal. Mais elle ne me fait pas pleurer. Je ne regrette pas la mort de Benoît Rouquier, je ne puis m'exprimer autrement. »

— Un instant, madame le Greffier. Monsieur Mathieu, je vous rappelle que vous déposez sous la foi du serment et que vos déclarations vous engagent, vous ne le perdez pas de vue, n'est-ce pas ?

« Absolument pas, monsieur le Juge, je maintiens ce que je viens de vous dire. »

— Très bien ! Madame, notez la réponse de M. Mathieu.

La machine reprend son crépitement saccadé.

« Continuons ! Monsieur Mathieu, vous avez déclaré ne pas avoir revu Benoît Rouquier depuis dix ou onze ans. Ne l'avez-vous pas rencontré une ou plusieurs fois au moment ou à l'occasion de son installation à Archail ? et, de façon plus générale, l'été dernier ?

— Absolument pas ! ni une ni plusieurs fois ! Notre dernière rencontre est antérieure à l'abandon par lui de ma fille et de mes petits-enfants. Elle remonte donc à onze ans.

— Pouvez-vous me dire, monsieur Mathieu, si vous vous souvenez de votre emploi du temps précis le 8 juillet 1980 ?

— Je suis en mesure de vous le relater avec une certaine exactitude. Je tiens en effet à jour, sur un agenda de poche, le calendrier de mes sorties en montagne. J'ai apporté à votre intention celui de 1980 et, pour vous convaincre qu'il ne s'agit pas d'un document de circonstance, ceux de 1978 et 1979, ainsi que celui de 1981, en cours. Toutes mes courses y sont consignées au fur et à mesure, ainsi que les incidents éventuels qui les ont marquées. Voici ces carnets. Vous pourrez y constater que le 8 juillet 1980, j'ai fait l'ascension du Cousson par le vallon de Richelme, et que j'en suis redescendu par le sentier habituel, sur le collège Gassendi. »

Tandis que la machine à écrire enregistre, le juge examine le carnet de 1981, puis les autres.

— Un instant, madame le Greffier. Que signifient ces chiffres en bas de page, monsieur Mathieu ?

— Une innocente manie, monsieur le Juge. Je prends plaisir à totaliser les dénivellations auxquelles je parviens dans l'année. Les deux nombres que vous voyez correspondent, le premier à la dénivellation gravie dans la journée, le second au total depuis le 1er janvier de l'année en cours.

— Vous avez noté, pour le 8 juillet 1980, 1 120 m. Cousson en représente moins de 1 000 je crois ?

— 960 pour être tout à fait exact, mais j'ai fait ce jour-là successivement l'ascension des deux sommets de cette montagne, d'où le résultat de 1 120 m, conforme à la carte d'état-major.

— Ainsi donc, le 8 juillet au soir, vous totalisiez presque 50 000 m de dénivellation depuis le début de l'année ?

— Si tel est le chiffre du carnet, oui ! A cette date, j'ai dans les jambes entre quarante et cinquante sorties, parfois un peu plus. Ça fait le compte. A pied ! Je ne comptabilise pas le ski, avec les remontées mécaniques d'aujourd'hui, ce serait tricher.

— Vous devez avoir des jambes d'acier, dites-moi ?

— De bonnes jambes, oui !

— Je vous envie. Bon, reprenons après cet intermède. Quand vous voudrez, madame le Greffier.

— Je suis prête, monsieur le Juge.

— Outre votre carnet, monsieur Mathieu, dont je ne conteste pas la valeur, vos déclarations concernant votre présence à Cousson le 8 juillet 1980 peuvent-elles être confirmées ? Pouvez-vous par ailleurs les préciser dans le temps ?

— Je suis parti de chez moi, vers six heures du matin je pense, il faisait grand jour, et ai laissé ma voiture du côté du collège Gassendi, sous les arbres de l'allée Cécile-Sauvage. C'est toujours là que je la mets l'été, à cause de l'ombre. Puis je suis parti à pied en direction de l'établissement thermal d'où j'ai rejoint le sentier du vallon de Richelme, en dessous des travaux de la route forestière. J'ai évité le chantier proprement dit où était déjà au travail un engin lourd, à cause de la poussière, mais on ne peut éviter le bruit. Je n'ai pas progressé très vite, car il faisait chaud, et j'avais tout mon temps. J'ai dû atteindre le sommet vers dix heures, le premier, au-dessus de la chapelle, où j'ai mangé. Puis je suis redescendu droit vers le pas du Boudillon, pour prendre la crête du second sommet que j'ai dû atteindre vers midi, un peu après. Vers une heure et demie, j'étais à la maison forestière des Hautes-Bastides où j'ai à nouveau mangé, près de la fontaine, puis j'ai fait la sieste sous les cèdres. J'en suis reparti vers quatre heures de l'après-midi, par les ruines de la ferme Villevieille et les Oreilles-d'Ane, d'où j'ai rejoint ma voiture. Je suis rentré chez moi directement. Pour être précis, je ne me souviens pas si ce jour-là je suis rentré directement, mais je rentre toujours directement au retour d'une course, pour me doucher. Si j'avais changé mes habitudes, je m'en souviendrais. J'étais donc chez moi vers cinq heures et demie.

— C'est très clair. Quelqu'un peut-il confirmer vos dires ?

— Il y a une note sur mon carnet ! R. Guillaume. Cela signifie que j'ai en cours de route rencontré un jeune garçon, dix-huit ans environ, que je connais de vue et qui s'appelle Guillaume. Ses parents tiennent un commerce, rue de l'Hubac. Il se promenait en compagnie d'un camarade dont j'ignore le nom. Ce sont eux qui m'ont réveillé aux Hautes-Bastides aux environs de trois heures. Nous avons bavardé un moment. Si je me souviens bien, j'ai dû leur raconter ma promenade. Ils étaient eux aussi montés par le vallon de Richelme, et devaient redescendre par le même chemin pour récupérer leurs bicyclettes aux Thermes. C'est du moins ce qu'ils m'ont dit.

— Avez-vous revu Guillaume depuis juillet dernier ?

— Il m'arrive de le rencontrer en ville lorsque je fais des courses, nous échangeons un sourire, un salut, mais je ne me rappelle pas lui avoir parlé depuis lors.

— Quelle est la couleur de votre sac à dos ?

— Pour les courses de courte durée, un ou deux jours, j'utilise un sac rouge, de capacité moyenne. Je l'avais sûrement pour aller à Cousson ce jour-là.

— Qu'avez-vous comme voiture ?

— Une Horizon.

— De quelle couleur ?

— Elle est bleue. »

— Je vous remercie. Madame le Greffier, voulez-vous clore le procès-verbal et le faire signer par M. Mathieu.

Mathieu lit en prenant son temps, signe sans hésiter à l'endroit indiqué, paraphe les feuillets, et rend le document. Il semble hésiter un instant puis, comme prenant son courage à deux mains, demande :

— Mon alibi est-il satisfaisant, monsieur le Juge ?

— Alibi est un bien grand mot, répond le juge. Il est normal, n'est-ce pas, dans une affaire criminelle, de vérifier les emplois du temps des personnes concernées. Or vous êtes concerné, sans pour autant être mis en cause. Cette vérification systématique constitue aussi votre propre sauvegarde.

— C'est vrai, mais je vous avoue que je me suis trouvé bien mal à l'aise sous le feu de vos questions. Je m'imaginais presque dans la peau d'un criminel. J'ai moi-même interrogé bien des gens au cours de ma carrière, mais je ne m'étais jamais trouvé personnellement sur la sellette. C'est pénible !

— Je le crois sans peine.

— En revanche, me permettez-vous, à mon tour, de vous poser une question ?

— Si je puis y répondre...

— Suis-je votre seul suspect ?

— Mais vous n'êtes nullement mon suspect, monsieur Mathieu. Si vous l'étiez, je vous aurais entendu en qualité d'inculpé, non comme témoin. Quand à vous dire si vous êtes la seule personne citée dans cette affaire, cela relève du secret de l'instruction, et je n'ai pas le droit de vous le dire.

XXVIII

Lundi 16 mars 1981 — 11 h

— Votre avis, madame le Greffier ?
— Il confirme en tout point ce que vous m'aviez dit du personnage. Un homme solide, mesurant ses propos... Pourtant, vous n'avez rien épargné pour le mettre mal à l'aise.
— Comment cela ?
— Vos lenteurs calculées pour poser vos questions, le soin méticuleux que vous avez apporté à me dicter la formulation de ses réponses...
— Mais je n'ai fait que reprendre ses propres termes !
— Certes ! Il n'empêche qu'au bout d'une demi-heure, je l'entendais croiser et décroiser les jambes, comme quelqu'un qui aimerait bien être ailleurs...
— Et vous en déduisez ?
— Rien du tout ! En tout cas, rien contre lui ! Vous avez recouru aux ficelles du métier. Telles que je les connais, elles prennent toujours, mais il

n'y a aucune conclusion à en tirer : la technique donne les mêmes résultats avec ceux qui ont quelque chose à cacher, et ceux qui n'ont rien.

— Exact ! Mais en partie seulement. Le but de mes ficelles, comme vous dites, est de faire parler, parler le plus possible, comme le font tous ceux qui éprouvent le besoin de se justifier. Plus ils en ont dit, plus il est aisé ultérieurement de procéder à des interrogatoires serrés, destinés le cas échéant à les faire se contredire et à les enferrer.

— C'est donc pour cela que vous ne poussez pas plus loin vos avantages lorsqu'il vous arrive d'en marquer à première audition ?

— Encore exact ! Je vous ai fait scrupuleusement enregistrer toutes les déclarations de Mathieu, sans en omettre le moindre détail.

— Vous n'avez pas mentionné les dénivellations...

— C'est vrai, je pense qu'elles n'apportent rien. Voyez-vous, ce carnet est par nature un document rédigé après coup, au retour. En admettant, par simple hypothèse d'école bien entendu, que Mathieu soit l'excursionniste au sac rouge du Cucuyon et le meurtrier, sur rencontre fortuite, de son ex-gendre, pouvez-vous imaginer que le soir même il aurait mentionné cette sortie sur son cher carnet de route ? Ce n'est pas un naïf !

— Sûrement pas ! Et pour en revenir à vos ficelles ?

— Après la première audition, je laisse s'écouler un certain délai. Je suis le seul à posséder le privilège d'un texte sous les yeux, un texte écrit et signé qui me sert de mémoire infaillible. Le client, lui, n'a pas ce guide, il ne peut se fier qu'à ses souvenirs. Sincère, il ne risque rien. Mais s'il a menti, il finira par se contredire dans des détails qu'il a lui-même fournis et qui auront pu donner matière à vérifications. D'où l'intérêt de susciter la plus grande prolixité possible en faisant naître ce fameux besoin de justification.

— Ce ne sont pas les méthodes des policiers...

— Et pour cause ! Eux ne disposent que de quelques heures pour établir les premières certitudes, et les fixer. Alors, ils ont tout naturellement recours au harcèlement, ils soumettent à un feu roulant de questions qu'ils reprennent, reformulent, comme s'ils n'avaient pas entendu ou pas compris les réponses, comme s'ils étaient de parfaits imbéciles. C'est souvent efficace, à chaud. A froid, il faut s'y prendre autrement. Comme j'essaye de le faire. Mais avant l'inculpation ! Après, ce n'est plus possible, les avocats sont là, ils ont accès au dossier, donc à la mémoire écrite, le juge d'instruction ne possède plus de privilèges.

— Et maintenant ?

— Maintenant, la déclaration de Mathieu donne lieu à vérifications sérieuses. Si économe de paroles qu'il soit, il n'a pas échappé à la règle, il a relaté par le menu ses faits et gestes. Le détail de la promenade, qu'il peut aussi bien avoir faite dix fois et en connaître par cœur horaire et itinéraire, ne nous intéresse pas vraiment. Par contre, deux points sont vérifiables : l'engin mécanique fonctionnant dès sept heures du matin, ce n'est pas courant, et cette rencontre avec le jeune Guillaume. S'il a travesti les faits sur l'un ou l'autre de ces détails, c'est que son emploi du temps pour la journée du 8 juillet l'embarrasse. Alors, tout peut être envisagé.

— Vous y croyez ?

— A vrai dire non ! N'était sa rancune contre Rouquier, son sac rouge, son goût de la montagne, il n'y a rien de positif contre lui. D'autant qu'il a fourni ces informations sans aucune réticence, alors que mes questions étaient de nature à lui mettre la puce à l'oreille. Je ne doute pas qu'il ait aussi un sac bleu. Mais il avait le rouge ce jour-là. S'il a dit vrai, le jeune Guillaume le confirmera, mais le fait deviendra pratiquement sans intérêt puisque je devrai le rayer de la liste des meurtriers potentiels. Autant dire que je n'aurai plus de liste ! Je dois aussi tenir compte que c'est un homme de métier, donc il sait que le meilleur mensonge est encore celui qui contient la plus grande part de vérité. Quant à sa voiture, elle est bleue. Personne n'a signalé de voiture bleue à Archail le 8 juillet...

— A moins qu'il n'ait depuis changé de voiture ou de couleur de voiture...

— Quoi ?

Le juge reprend le procès-verbal. A coup sûr, sa question a été formulée en dépit du bon sens.

Dès lors, la réponse ne signifie rien, il faudra y revenir.

— Je baisse, constate-t-il avec mélancolie. Je vous ai fait une démonstration grand style de ma maîtrise des techniques de l'interrogatoire, et je m'y prends comme un débutant. Mea culpa !

— J'aimerais aussi savoir pourquoi vous n'avez pas fait allusion à la lettre anonyme...

— Ce n'est pas un oubli. Je la garde en réserve. Avant d'interroger Mathieu sur ce point, je voudrais d'abord établir s'il a eu la possibilité matérielle de tuer Rouquier. Comme le pensent les inspecteurs, le meurtre et la lettre n'ont pas nécessairement le même auteur, plutôt le contraire. Donc, si Mathieu l'avait écrite, cela tendrait à l'innocenter du meurtre. Pourquoi diable un meurtrier mettrait-il de propos délibéré les enquêteurs sur une piste qui conduit fatalement à lui ? Hors de cause en ce qui concerne le meurtre, cela n'implique pas que Mathieu n'ait pas reconnu le visage du mort d'Archail sur le journal. Il peut sur ce point taire la vérité. Ses explications sont en effet loin d'être convaincantes, même si, à la rigueur, elles restent dans les limites de la vraisemblance. Paul Rouquier n'a pas hésité. Quant à Mathieu, il a beau prétendre le contraire, la conjonction du prénom et de la photographie ne pouvait manquer de susciter sa curiosité : un esprit aussi affûté que le sien devait l'amener à regarder de plus près, à se poser la question, à vérifier si doute il y avait. C'est

surprenant qu'il n'en ait rien fait, à proprement parler incroyable...
— Et vous ne croyez pas à l'incroyable ?
— Non !

XXIX

Lundi 16 mars 1981 — 11 h 45

— Vous êtes-vous enfin décidé à parler de l'assurance ?
— Non !
— Pourquoi ?
— Pourquoi, pourquoi ? dit Mathieu, agacé. Pourquoi ? Je ne sais pas ! Ça ne s'est pas trouvé. Il faut savoir comment cela se passe. Le juge pose des questions, la femme qui fait office de greffier les tape à la machine. Puis il y a la réponse, que le juge reformule en dictant. Tout cela est lent, très lent. Je ne sais pas s'ils le font exprès, mais l'atmosphère est angoissante. Dieu sait pourtant que j'ai interrogé bien des gens dans ma vie, mais je n'avais jamais imaginé avec précision ce qu'on pouvait ressentir de l'autre côté de la barrière. Pour un peu, je me serais senti coupable...
— Peut-être bien que vous l'êtes ! Vous connaissez mon opinion là-dessus, mais n'y revenons pas ! En tout cas, en dissimulant l'assurance,

vous n'arrangez certainement pas vos affaires, vous vous conduisez exactement comme si vous aviez quelque chose à dissimuler.

— Cette assurance vous tient vraiment à cœur, il me semble...

— Parfaitement ! Et pourquoi pas ? Elle est due à Elisabeth puisque Benoît est mort. Compte tenu des circonstances, c'est la meilleure chose qui pouvait arriver.

— Vous êtes cynique et intéressée, Marthe !

— Pas pour moi, juste ciel ! Pour Elisabeth, oui, et vous le savez bien.

— Vous feriez n'importe quoi pour elle, n'est-ce pas ?

— N'importe quoi !

— Même contre moi ?

Marthe hésite avant de répondre :

— Non ! Pas contre vous, car ce serait aussi contre elle, et elle ne me le pardonnerait pas !

— Merci quand même ! Au moins, me voici rassuré sur un point : vous n'allez pas lui fourrer vos extravagances dans la tête.

— Elle n'a pas eu besoin de moi pour y penser ! Faut-il que vous soyez naïf pour n'avoir pas senti l'inquiétude dans sa voix, l'autre jour, au téléphone ? Non, bien entendu, je ne lui dirai rien. Mais je ne peux pas l'empêcher de réfléchir et d'additionner deux et deux !

XXX

Mercredi 18 mars 1981 — 9 h 30

— Content de vous voir, messieurs !

Visiblement, c'est sincère. Villemain et Contat sont sensibles à la chaleur amicale de l'accueil que leur réserve ce matin le petit juge d'instruction.

— Vous vous en doutez, j'ai à nouveau besoin de votre collaboration. L'affaire d'Archail a connu ces temps derniers des développements particuliers, et il existe un certain nombre de points à vérifier. Un travail qui paraîtra peut-être simple aux policiers chevronnés que vous êtes, mais pour lequel je manque du temps nécessaire pour le faire avec le sérieux requis.

— C'est ce que le patron nous a expliqué, dit Villemain. Soyez sans inquiétude. Cette affaire nous intéresse depuis que nous y avons mis le nez...

— Elle vous intéressera davantage encore quand vous aurez vu où elle en est. Je vais vous confier le dossier, vous allez vous installer tranquillement dans la salle d'audience — le tribunal ne siège pas aujourd'hui — et le compulser à loisir. Tout y est, y compris mes notes personnelles. Je sais que ce n'est pas l'usage, mais j'ai pris l'avis du procureur, et il est d'accord. Nous pourrions nous retrouver en début d'après-midi pour faire le point et clairement définir ce que sera votre mission. Madame le greffier, voulez-vous avoir l'amabilité d'aller installer ces messieurs ?

XXXI

Mercredi 18 mars 1981 — 14 h

— Alors, messieurs ?
A l'heure dite, les deux inspecteurs se sont présentés au cabinet du juge qui les attendait en compagnie de Mme le Greffier.

— Apparemment, Cortès n'est plus seul en piste, monsieur le Juge, remarque Contat ? Il y a un nouveau candidat aux Assises !

— Tu vas trop vite, intervient Villemain. Au préalable, nous devons vous rendre compte des résultats de l'enquête que nous avons menée à Marseille, comme vous l'aviez demandé à notre directeur, sur M. Mathieu. Voici d'ailleurs le rapport que nous avons établi, mais peut-être souhaitez-vous que je vous le résume...

— Je vous écoute !

La vie professionnelle et la vie privée de Mathieu sont limpides, de l'eau de roche. Remarquable fonctionnaire à tous égards, scrupuleusement honnête, respecté de tous, sens aigu des responsabilités. Le juge connaît bien le style dans lequel sont rédigés les bulletins annuels de notation des agents de l'Etat, il remplit lui-même en conscience celui de Mme le Greffier. Les formules qu'emploient les policiers n'auraient pas déparé une proposition d'avancement au très grand choix.

Inspecteur des Douanes, chargé du service régional des enquêtes, Mathieu avait la réputation de ne rien laisser dans l'ombre. Un dossier passé par ses mains faisait autorité auprès des échelons supérieurs de la hiérarchie, là où se prend la décision finale de poursuivre en justice les fraudeurs, ou de leur proposer une transaction pécuniaire.

A cinquante-cinq ans cependant, au plafond de la grille indiciaire et en dépit de très belles perspectives de carrière dans les échelles-lettres, celles dont les traitements sont confidentiels, il avait décidé de prendre une retraite anticipée à laquelle lui permettaient de prétendre ses longs services outre-mer. Décision sur laquelle il ne s'était jamais expliqué, mais le bruit avait couru d'un désaccord survenu entre sa direction et lui sur la suite à réserver à un trafic qu'il aurait mis à jour.

— Un homme à principes, commente le juge. Rien d'étonnant à ce qu'il se soit si bien entendu avec le père de son ex-gendre...

Sur le plan humain, il passait dans son service pour assez rugueux, très bon camarade néanmoins, se livrant peu, ne parlant que lorsqu'il avait quelque chose à dire.

Cette remarque particulière amuse le magistrat : un tel comportement a effectivement de quoi surprendre en milieu méridional où la faconde est de règle. Il avait lui-même observé cette économie de mots, il semble donc qu'elle soit typique du personnage, il ne s'agit pas d'une attitude de circonstance comme il en avait envisagé l'hypothèse. C'est important : devant lui, Mathieu est resté naturel.

Sa vie privée à Marseille est également sans histoire. Veuf depuis peu, des suites d'un accident de la route au moment de son affectation dans cette ville, il se consacrait à son unique fille, avec l'aide d'une parente éloignée, vieille demoiselle des postes en retraite du nom de Marthe Faurier, sensiblement plus âgée, qui remplissait chez lui les fonctions de gouvernante, et qui l'a suivi à Digne lorsqu'il a cessé ses fonctions. On ne lui avait prêté que de brèves et discrètes liaisons, hors de chez lui, et à l'écart du milieu professionnel.

— Jamais dans la paroisse, apprécie mezza voce le petit juge, très au fait des règles de déontologie, et qui dédie un regard à Mme le Greffier. Comme par hasard, elle aussi le regardait.

— Terminé ? demande-t-il de sa voix normale. Bon ! C'est en gros ce que j'attendais. A présent, comment envisagez-vous la suite de notre enquête ?

— Nous avons dégagé deux points essentiels, monsieur le Juge, et une petite incidente. En premier lieu, compléter l'enquête sur Mathieu depuis qu'il a pris sa retraite à Digne, aussi discrètement que possible de façon à ne lui porter aucun préjudice. Ensuite, passer son alibi au peigne fin, notamment sur deux points qui sont vérifiables.

— J'avais fait le même compte, dit le juge.

— Sans changer de sujet, compléter les informations que vous avez recueillies sur sa voiture. Nous avons lu votre note manuscrite.

— Je dois à la vérité de préciser que la mise en lumière de mes lacunes revient à madame le Greffier.

— Mes compliments, madame, énonce très sérieusement Contat en s'inclinant vers l'intéressée, laquelle n'en a cure.

— Troisième point, l'incidente, reprend Villemain, clarifier une fois pour toutes le prénom Valérie.

— Vous pourriez vous en charger, monsieur Contat, dit en souriant le juge. J'avais cru comprendre que la jeune bergère d'Archail ne vous laissait pas indifférent.

— Je suis célibataire, monsieur le Juge. Donc sans défense. Dès lors, je suis prêt à succomber à toutes les jolies femmes, répond l'interpellé, en regardant ostensiblement du côté de Mme le Greffier.

— Je compte néanmoins sur votre perspicacité.

Fort bien, messieurs ! Je constate que nos conclusions coïncident étroitement. Votre mission est donc définie. D'autres tâches m'appellent maintenant. Heureux les hommes d'un seul dossier ! Je vous souhaite bonne chance. Ah ! un dernier point, laissez-moi Mathieu ! Cet homme me pose un problème que je voudrais bien tirer au clair. Merci, et à bientôt !

Lorsque les deux inspecteurs ont pris congé, le juge se tourne vers sa collaboratrice :

— Dites-moi, madame le Greffier, vous avez eu votre contingent d'attentions particulières cet après-midi !

— Les attentions ne m'intéressent qu'en fonction de leur provenance, monsieur le Juge.

— Ce qui signifie ?

— Je m'en remets à votre perspicacité habituelle, monsieur le Juge.

XXXII

Mercredi 18 mars 1981 — 15 h

— Tu vas fort ! dit Villemain. Tu n'as quand même pas l'intention de lui séduire son greffier ?
— Sûrement pas ! Elle est très belle, mais ce n'est pas du tout mon genre.
— Alors ?
— Alors, tu n'as pas vu la façon dont il la regarde ? Il est fou d'elle et meurt de peur à l'idée de le lui dire. Quant à elle, elle n'attend qu'un premier pas. Ça saute aux yeux ! C'est pour cela que je les ai titillés un peu. Il est sympathique, le petit juge, je lui veux du bien, moi ! Et puis, il a commencé, je l'ai suivi sur son terrain.
— Si tu te fais virer, tu pourras toujours te recycler en qualité d'entremetteur ! Bon, soyons sérieux ! Il nous reste deux bonnes heures, nous pourrions passer à la Direction départementale des polices urbaines pour les prévenir que nous rechassons sur leurs terres, et tâcher de glaner quelques tuyaux sur ce Mathieu. Demain matin,

nous ferons le point de ce qui nous manque, je ferai au mieux pour compléter. De ton côté, tu t'occuperas de Valérie, comme en a décidé le juge, les ordres sont sacrés. Prends la portable pour établir sur place le procès-verbal, tu auras l'excuse d'y rester plus longtemps...

— Pas la peine d'en rajouter !

Ce qu'ils apprennent sur Mathieu ce soir-là ne fait que confirmer les informations recueillies à Marseille.

— Du blanc-bleu, a résumé le D.D.P.U. qui connaît personnellement l'intéressé par la société d'histoire naturelle et le club de bridge dont ils sont membres l'un et l'autre. Il vit, en tout bien tout honneur, avec une vieille cousine qui lui tient lieu de gouvernante et qui l'a aidé à élever sa fille quand il est devenu veuf. Sa femme était originaire de la région, tout comme lui. Il habite une maison qui doit lui venir d'elle. Vous trouverez tout ça consigné dans un rapport récent à son sujet.

— Un rapport ?

— Mais oui ! l'enquête de routine, votre client est proposé pour la rosette bleue, si j'ai bonne mémoire. Le rapport est sous le timbre des Renseignements généraux, mais je vais vous en faire avoir copie.

— Je vous remercie, monsieur le Principal, a déclaré Villemain. Par simple curiosité, quel genre de bridgeur est-il, si je ne suis pas indiscret ?

— Méthodique dans les annonces, inspiré dans le jeu de la carte, ne reculant pas devant un coup d'audace en partie libre. Le plus fort est que ça lui réussit. Un soir, il m'a raflé 35 F.

— Les parties sont intéressées ?

— En partie libre, toujours un peu. Pour éviter le bridge-poker. Un centime le point, ça ne va pas très loin. 35 F est mon record de pertes, 23 F mon record de gains, si vous voulez tout savoir. Ce n'est pas Las Vegas !

Le rapport ne comporte qu'un curriculum vitae standard. Le seul point à éclaircir est celui de la vieille cousine qui partage la vie de Mathieu.

— Par acquit de conscience, dit Contat.

— Pas uniquement, corrige l'ancien. Il s'agit d'une personne très liée à Elisabeth ex-Rouquier, qui a sans aucun doute très bien connu Benoît. Elle aussi doit lire le journal. Alors, on ne sait jamais...

XXXIII

Jeudi 19 mars 1981 — 11 h

Villemain n'a eu aucune difficulté pour situer de façon précise la vieille demoiselle qui tient lieu de gouvernante à Jean Mathieu.

— Tu n'as qu'à demander à l'agence Havas, lui a dit son collègue, chef de la Sûreté urbaine.

L'agence Havas n'est autre que le brigadier, chef du secrétariat de la D.D.P.U., Dignois d'origine, ayant refusé le grade supérieur pour ne pas quitter sa chère ville. Il connaît sur le bout des doigts son who's who local.

— Marthe Faurier, a-t-il dit cependant, bien sûr je la connais. Mais le mieux est encore que je vous conduise chez ma mère, elles ont le même âge ou à peu près. On ira vers 11 heures si vous voulez. Si on la surprenait en plein ménage, elle serait capable de nous jeter dehors. Après 11 heures, elle vous paiera le pastis, si vous lui plaisez.

Un pastis à couper au couteau tant il est épais, manifestement bricolé à partir d'un anis du commerce, renforcé d'indéfinissables adjonctions végétales qui macèrent dans la bouteille.

— Fameux, hein ? commente avec un claquement de langue le brigadier qui ajoute : Maman, M. Villemain va te demander quelques renseignements sur Marthe Faurier. Attention ! Tu ne dis rien à personne ! Pas une allusion, rien du tout ! Si un seul Gavot en parle, je saurai d'où ça vient. Le club des Gavots, enchaîne-t-il à l'intention de Villemain, est un club du troisième âge, extrêmement actif à Digne, mais quelles langues !

— Tu y trouveras ta place, à t'entendre, gronde la mère. Soyez sans inquiétude, monsieur, ajoute-t-elle en se tournant vers son hôte, c'est vrai que j'aime bien bavarder, mais je sais aussi me taire.

Vingt minutes plus tard, Villemain en a appris assez sur Marthe Faurier pour écrire sa biographie.

XXXIV

Jeudi 19 mars 1981 — 12 h

— Qu'est-ce que ça a donné à Archail ?
— Négatif ! J'ai toutes les justifications possibles et imaginables. Il n'y a aucun rapport entre la Valérie d'Archail et la Valérie de Jean-Benoît. La S.T. a certainement vu juste. J'ai quand même fait un petit procès-verbal.
— Alors je comprends le temps que tu y as passé ! Un P.-V. c'est toujours long à rédiger, n'est-ce pas ?

Contat reste de marbre, il sait que s'il laisse sans répondre les insinuations perfides de son compagnon, le jeu s'arrêtera de lui-même, et il n'a aucune envie, mais vraiment aucune, de le prolonger. De fait, Villemain change de sujet.

— Eh bien, moi, je n'ai pas perdu mon temps ! Je veux dire moi non plus ! J'ai clos l'enquête sur Mathieu, et recueilli sur la vieille Marthe des informations très intéressantes. Je ne l'ai pas vue, le juge a dit qu'il se réservait Mathieu et elle le touche de trop près pour qu'on puisse l'exclure de ses instructions. Mais, compte tenu des liens qui l'unissent à Elisabeth et à son père, ce petit bout de femme pourrait fort bien jouer un rôle dans l'affaire, et j'ai mon idée là-dessus...

— Tu te mets à avoir des idées, toi ?

— La vieille adore Elisabeth, elle éprouve pour Mathieu une affection bourrue, mais sans concession. Elle lui en veut encore de lui avoir enlevé — pour l'épouser — la mère de la petite à laquelle elle était profondément attachée, bien qu'il n'y ait entre elles aucune parenté de sang. Une histoire de famille compliquée, tu la comprendras mieux sur le papier. En plus, c'est sans importance que tu comprennes ou pas ! Marthe Faurier est ainsi devenue la marraine d'Elisabeth. A la mort de Mme Mathieu, elle était retraitée depuis plusieurs années déjà, et est venue s'occuper de la fillette, s'instituant peu à peu, et d'autorité, la maîtresse de maison. De l'autorité, elle en a, paraît-il, à revendre, un vrai phénomène ! Elle a conservé ses fonctions après le départ d'Elisabeth à Paris et, tout naturellement, lorsque Mathieu est venu s'installer à Digne, l'y a suivi. Leurs arrangements financiers et même fiscaux sont, aux dires de mon informatrice, un modèle du genre : elle les a elle-même dictés avec une minutie pointilleuse, elle ne veut être ni une gouvernante au pair ni une personne à charge, tu vois ce que ça peut donner. Tout cela uniquement pour te situer le personnage. Elisabeth sera sa seule héritière, et tout le club du troisième âge de la ville sait, primo, que ce n'est pas rien, secundo, que le fisc n'en verra pas la couleur...

— Alors, ton idée ?

— La vieille Marthe épluche quotidiennement son journal. Elle aussi a vu la photo du mort d'Archail, c'est évident, elle se régale de tous les faits divers. Il est impensable dans ces conditions que ni elle, ni Mathieu, ni a fortiori tous deux ensemble n'aient pas fait le rapprochement avec Benoît Rouquier. Le juge a donc raison lorsqu'il pense que Mathieu lui a menti sur ce point.

— Et tu en conclus ?

— Je ne suis pas payé pour conclure. J'observe un fait qui peut ouvrir de nouvelles voies d'investigation. Ce n'est pas si mal !

— Je te l'accorde volontiers. N'empêche que, tout comme moi, tu as en tête la fameuse lettre anonyme. Et c'est à n'en pas douter la première idée qui viendra à l'esprit du juge d'instruction quand tu le mettras au courant. Cet après-midi, on pourrait se mettre à l'alibi de Mathieu ?

— A propos, j'ai identifié le jeune Guillaume. On commence par lui ?

— Pourquoi pas ?

XXXV

Jeudi 19 mars 1981 — 14 h

Guillaume, André de son prénom, est un garçon d'un peu moins de dix-huit ans, élève de terminale C au lycée David-Neil. Ses parents tiennent un commerce de quincaillerie dans la rue de l'Hubac, une vieille et honorable famille dignoise. Le père est conseiller municipal.

— Je me souviens fort bien être monté aux Hautes-Bastides de Cousson, un après-midi de l'été dernier… Maintenant, vous dire quel jour exact, c'est difficile. Attendez ! Avant le 14 juillet, à coup sûr, puisque le cousin avec lequel j'étais est reparti le 12 chez ses parents, le samedi 12… C'était quelques jours avant le 12. Ce n'était pas le lundi, j'en suis certain, le lundi, le magasin est fermé et nous en avons profité, avec mes parents, pour faire en voiture le tour des gorges du Verdon. Mais c'était le lendemain, donc le mardi…

Guillaume compte sur ses doigts :

— C'était certainement le mardi 8 juillet !
— Vous en êtes certain ?
— Après y avoir bien réfléchi, je ne peux pas me tromper. C'était le 8.
— Pas la semaine précédente ?
— Non ! c'est impossible, mon cousin n'est resté à Digne qu'un peu plus d'une semaine, du vendredi au samedi suivant.
— Pouvez-vous nous raconter en détail cette promenade ?
— Vous savez, c'est une promenade comme une autre. Nous ne sommes pas partis très tôt, deux heures peut-être. A vélo, nous sommes allés jusqu'à l'établissement thermal, plus exactement un kilomètre au-delà, et nous avons emprunté à pied la nouvelle route forestière en construction dans le vallon de Richelme. Nous avons traversé le chantier, où j'ai rencontré M. Magaud, un conducteur d'engins, qui est client du magasin de mes parents. Nous avons bavardé quelques minutes à propos de la route qu'ils tracent pour le compte des Eaux et Forêts, puis nous avons continué sans nous presser jusqu'au fond du vallon que nous avons traversé pour remonter jusqu'aux Hautes-Bastides, où il y a une fontaine. Mon cousin n'a pas l'habitude de marcher en montagne, et il avait très soif. Près de la fontaine, sous un grand cèdre, nous avons réveillé un promeneur solitaire, un certain M. Mathieu, que je connais de vue, et avec lequel nous avons parlé un bon moment.

— Quelle heure était-il ?

— Je ne sais pas au juste. Aux alentours de trois heures et demie, je suppose. Nous avions dû marcher environ une heure, c'est le temps qu'il faut pour monter sans se presser aux Hautes-Bastides, peut-être un tout petit peu avant trois heures et demie, je ne me souviens pas avoir regardé ma montre.

— De quoi avez-vous parlé avec M. Mathieu ?

— D'excursions en montagne, en général. M. Mathieu nous a montré l'itinéraire qu'il avait suivi, le même que nous jusqu'au fond du vallon, d'où il a rejoint par le sentier à travers bois les prés sous la chapelle de Saint-Michel, puis la chapelle elle-même et de là le sommet. Il était revenu par le premier sommet, celui que l'on voit des Hautes-Bastides, et qui cache la vue du second. Je me souviens que nous avons aussi parlé de l'altitude respective des deux sommets, des avantages et inconvénients des routes forestières qu'on perce un peu partout. Rien que de très banal, les propos qu'échangent des promeneurs de rencontre. Nous nous sommes quittés pour redescendre, nous par le même chemin, afin de récupérer nos vélos, M. Mathieu directement sur Digne, par les ruines de la ferme Villevieille.

— Comment était équipé M. Mathieu ?

— Une tenue normale de petite montagne d'été, je me rappelle qu'il avait aux pieds des varappes cuir, à la fois légères et solides, je lui ai même demandé où il les avait achetées. Et un sac rouge, à armature souple. Drôlement organisé, son sac ! Un petit réchaud à alcool solidifié, des aliments lyophilisés qu'il peut réhydrater et manger chauds, de petits sachets de café soluble, de sucre, de sel, de poivre, de moutarde ! le tout suffisant pour vivre deux ou trois jours et pesant moins d'un kilo. Il a fait notre admiration. Et quel enthousiasme à son âge ! Il nous a dit qu'il était en montagne deux ou trois fois par semaine.

— Nous vous remercions, monsieur Guillaume.

— Bon... Monsieur l'Inspecteur, je vous avoue que je suis intrigué. Puis-je savoir en quoi tout cela vous intéresse ?

— Rassurez-vous ! Vous n'êtes pas en cause, mais nous n'avons pas le droit de vous en dire davantage.

— Il s'agit de M. Mathieu ?

— Jeune homme, n'insistez pas ! Nous ne pouvons rien vous dire. Et le mieux serait que vous ne parliez pas de notre entretien, sauf à vos parents bien entendu, si vous le jugez utile. Sachez seulement que vous nous avez été précieux. Et ne vous étonnez pas si vous recevez une convocation en bonne et due forme pour confirmer ce que vous venez de nous raconter.

— D'accord ! Dites-moi, comment fait-on pour devenir inspecteur de police ? J'ai l'impression que ça me plairait bien.

XXXVI

Jeudi 19 mars 1981 — 15 h 20

— Il est bien, ce garçon, dit Contat.

— Parce qu'il t'a demandé comment on devenait flic ? Tu ajoutes une corde à ton arc, après les agences matrimoniales, le bureau de placement ! Viens, on va à l'Office des forêts ! Pour l'autre bout de l'alibi de Mathieu. Celui du soir est en béton !

La quarantaine, l'allure sportive, bronzé, l'ingénieur subdivisionnaire de l'Office national des forêts se met fort aimablement à leur disposition.

— En cette saison, explique-t-il, je ne suis pas surmené, les chantiers sont au point mort. Il n'y a que les études, et comme les crédits sont de plus en plus rares, elles peuvent hélas ! attendre. Que puis-je faire pour vous ? En quoi les forêts peuvent-elles intéresser les limiers de la criminelle ?

Contat — c'est à son tour de prendre la direction des opérations — le lui explique : Est-il possible de savoir si, sur le chantier d'une route

forestière, un engin mécanique était en fonctionnement le 8 juillet dernier à 7 h du matin ?
— Quel chantier ?
— Le vallon de Richelme.
— Ce n'est pas impossible. Il s'agit de travaux effectués par une société dignoise, en régie. La facturation se fait sur la base des feuilles d'attachement qui donnent au jour le jour le relevé détaillé des prestations horaires fournies par l'entreprise, engins et main-d'œuvre. Les documents sont conservés à la comptabilité.

Malheureusement, à la comptabilité, si les feuilles d'attachement sont effectivement faciles à retrouver, si celle du 8 juillet mentionne entre autres cinq heures vingt-cinq minutes d'utilisation d'un tracto-pelle, elle ne donne pas les créneaux horaires pendant lesquels l'engin a fonctionné.

— Toutefois, précise l'ingénieur, il vous reste un espoir. Magaud, le chef de chantier, par ailleurs conducteur de la pelle, tient au jour le jour un cahier, que j'ai souvent été amené à consulter puisque j'étais chargé du contrôle des travaux. C'est à partir de ce cahier que les feuilles d'attachement sont établies, il est probable que l'entreprise l'a conservé. Je vais me renseigner.

Le coup de téléphone est positif. Les cahiers des chantiers réalisés au cours des trois dernières années sont rassemblés en paquets ficelés et conservés, à toutes fins utiles, dans un petit local sombre, sous un escalier. Le temps que les inspecteurs soient sur place, le paquet sera exhumé et mis à leur disposition.

Effectivement, lorsqu'ils se présentent, c'est Magaud lui-même qui les accueille, avec consigne du directeur de faciliter leurs recherches. Il explique :

— Voici le cahier de juillet 1980. J'en utilise un par mois. Souvent, ils ne sont pas terminés, mais, sur un chantier en plein air, si je les conserve plus longtemps, ça devient de vrais torchons, et l'Office des forêts rouspète. Vous savez, c'est quand même un document presque officiel, il est à la disposition du client pour le contrôle, du patron pour le suivi des travaux, et de sa femme à la comptabilité pour les feuilles d'attachement et pour la paye des ouvriers. C'est une responsabilité.

Tout est exact. Si la couverture du fameux cahier comporte bien quelques taches, si certaines feuilles en sont cornées, son contenu est précis. Le 8 juillet 1980, comme d'ailleurs le 7, le tractopelle a fonctionné dès six heures et demie du matin.

— C'est bien tôt ?

— Il y a un accord entre les ouvriers et le patron. Beaucoup d'entre nous ont des jardins, d'autres sont d'enragés joueurs de boules. L'été, ils préfèrent commencer la journée très tôt, et terminer plus tôt, même s'il faut faire une heure supplémentaire pour améliorer la paye. Nous prenons une demi-heure seulement pour le casse-croûte, ce qui fait que nous sommes de retour à Digne vers quatre heures. A cette époque, les jours sont longs.

Les inspecteurs notent les horaires précis de l'engin le 8 juillet : de 6 h 30 à 8 h 10, de 9 h 20 à 11 h 15, de 11 h 45 à 12 h 30, de 13 h 45 à 14 h 30. Ils savent ce qu'ils voulaient savoir. Comme l'a déclaré Mathieu, un engin fonctionnait le 8 juillet sur le chantier du vallon de Richelme à l'heure où il dit être passé à proximité. La fantaisie des interventions du tracto-pelle joue en sa faveur.

— Eh bien, voilà ! dit Villemain, Mathieu semble avoir dit vrai. L'autre bout de son alibi se vérifie lui aussi. Bien sûr, il n'est pas absolu. Entre les deux points contrôlables, il existe un trou de huit heures, et l'on peut faire beaucoup de choses en huit heures, et beaucoup de chemin, même à pied. Mais il a pour lui deux atouts très importants : d'abord, il est on ne peut plus crédible, compte tenu de ses habitudes.

— Deuxième atout ?

— Il te plaira, parce qu'il est raisonné. S'il s'agissait d'un alibi préfabriqué, Mathieu se serait montré aux hommes du chantier pour qu'ils se souviennent de lui, quitte à redescendre ensuite par l'ancien sentier par lequel il dit être monté. Mais aussi et surtout, un alibi préfabriqué signifierait que le crime d'Archail a été prémédité. Or, nous sommes certains du contraire.

— Et un alibi fabriqué après coup ?

— Il n'expliquerait pas comment Mathieu a pu

savoir qu'un engin mécanique bruyant était en activité dans le vallon de Richelme à l'heure où il aurait été dans les pentes du Cucuyon. On a vu un excursionniste en redescendre vers 10 h. S'il s'agit bien du meurtrier, il est matériellement impossible qu'il se soit trouvé dans les parages du chantier à 7 h du matin.

— On aurait dû demander à Magaud si Mathieu a pu avoir connaissance de son cahier.

— Il n'est pas trop tard.

Vérification faite, Magaud ne se souvient pas que qui que ce soit ait eu l'occasion ou manifesté l'envie de consulter ses cahiers de chantier, depuis vingt ans qu'il en tient.

XXXVII

Jeudi 19 mars 1981 — 19 h

Rue des Acacias, l'atmosphère est tendue entre Jean Mathieu et Marthe Faurier.

— Jean, je vous répète une dernière fois qu'il faut aller voir le juge d'instruction et lui parler de cette assurance !

— C'est un ultimatum ?

— Si vous voulez l'appeler ainsi, libre à vous ! Mais si vous ne le faites pas, moi j'irai ! Je ne comprends pas pourquoi vous tergiversez ainsi puisque, vous ne cessez de le dire, vous n'avez pas tué Benoît et que, surtout, vous êtes en mesure de prouver que le jour de sa mort vous étiez à Cousson.

— Si vous aviez assisté à mon interrogatoire, vous comprendriez. Pour peu que je lui fournisse un mobile, je le vois d'ici frotter l'une contre l'autre ses petites mains grassouillettes...

— Quel mobile ? Je vous crois parfaitement

capable d'avoir tué Benoît, mais pas pour des gros sous. Ce ne serait pas votre genre !

— Vous êtes trop bonne ! Le fait est que vous me connaissez bien. C'est vrai, il y a dix ans, j'aurais pu tuer Benoît, comme il m'arrive de tuer une vipère en montagne. Mais pas pour de l'argent, même s'il est destiné à Elisabeth. Seulement, si vous, vous le savez, le juge lui ne le sait pas, il n'a aucune raison de me porter la même sympathie que vous, même s'il arrive à cette sympathie de revêtir des aspects inquiétants...

— Je vous aime bien, Jean.

— Je le sais, bon Dieu !

— Ne jurez pas, mécréant que vous êtes ! Bon, à tête froide, essayons de faire le point, je ne veux pas attirer sur vous les foudres de la justice, mais il faut que la petite bénéficie de cette assurance dont vous avez régulièrement payé la prime chaque année.

— Y compris cette année, Marthe, alors que Benoît était déjà mort depuis des mois. Ce qui prouve bien que je n'étais pas certain de sa mort.

— Vous le direz au juge. Mais, maintenant, vous l'êtes, certain, et c'est au tour de la compagnie d'assurances de payer.

— Vous êtes une mule !

— Possible ! Mais si l'emploi du temps que vous avez précisé au juge est exact et s'il peut être prouvé, qu'avez-vous à redouter ? C'est là que je ne vous comprends plus...

— Rien d'autre qu'un acharnement éprouvant,

et je suis bien placé pour savoir à quelle politique de harcèlement peuvent recourir les gens de justice quand ils croient tenir une piste.

— Alors ?

— Alors vous avez gagné. Peut-être, tout compte fait, avez-vous raison. Le juge a certainement vérifié ou fait vérifier les éléments que je lui ai fournis, si bien que je peux admettre qu'il m'a, à présent, mis hors de cause.

— C'est ce que vous attendiez, n'est-ce pas ?

— En un sens, oui !

— Et comment allez-vous lui présenter la chose ?

— Il faut que j'y réfléchisse, mais je crois avoir une idée là-dessus...

XXXVIII

Vendredi 20 mars 1981 — 15 h

— Vous pensez donc que Mathieu a dit vrai, dit le juge, en résumant le premier point de la conversation.

— Ce n'est pas tout à fait exact, monsieur le Juge, dit Villemain. L'alibi de Mathieu est vraisemblable, il coïncide avec les faits matériels qui ont pu être établis, et les parties non prouvées que les faits connus encadrent — elles représentent quand même huit bonnes heures — sont cohérentes entre elles et avec les faits connus. C'est tout ce que nous pouvons affirmer. Mais, à la limite, la seule certitude absolue en notre possession est la rencontre, vers 15 h 30, aux Hautes-Bastides, entre Jean Mathieu d'une part, le jeune André Guillaume et son cousin de l'autre.

— Et le matin, dit le juge.

— En passant les faits au crible, on se rend compte que tout repose sur les déclarations de Mathieu qui dit avoir entendu vers 7 h le bruit d'un engin en fonctionnement. Nous savons, ceci est prouvé, qu'un tracto-pelle était bien en fonctionnement à cette heure-là sur le chantier du vallon de Richelme. C'est un fait que nous avons pu apprendre, mais que Mathieu aurait — pourquoi pas ? — pu apprendre lui aussi.

Le juge a un geste d'impatience que Villemain comprend. Néanmoins, il poursuit ses explications :

— D'accord, monsieur le Juge, je reconnais volontiers que je coupe les cheveux en quatre, c'est mon métier. Cela dit, et j'avais le devoir de le dire, je confirme la vraisemblance de l'alibi de Mathieu, mais je constate qu'il ne détermine pas une certitude absolue. C'est tout !

— S'il s'agissait d'un truand, intervient Contat, Villemain et moi n'aurions pas conclu à la vraisemblance. Au contraire, nous aurions considéré que les failles étaient suffisantes pour permettre de battre son alibi en brèche. Mais ce n'est pas le cas. Qu'il ait ou non tué Benoît Rouquier, Jean Mathieu n'est pas un truand. Et puis, n'oublions pas Luis Cortès, son emploi du temps est autrement incertain.

— Vous l'aviez cependant défendu avec brio, si mes souvenirs sont exacts.

— Je n'ai en rien changé d'avis, je le défendrais encore. L'absence d'alibi n'a jamais établi qu'une possibilité matérielle, jamais une culpabilité. C'est valable pour Cortès, dont l'emploi du temps ne nous donne matière à aucune vérification. C'est a fortiori valable pour Mathieu qui possède un alibi, même s'il est imparfaitement prouvé.

— Force est de constater, dit le juge, que nous n'avons aucune raison particulière de mettre sa parole en doute ? Il n'a, que je sache, jamais menti au cours de l'enquête.

— Et sa voiture ? dit Villemain.

— Sa voiture ? dit le juge, dont la curiosité se réveille.

— Sa voiture ! ironise Contat. Où vas-tu chercher qu'il a menti à ce sujet ? Sa voiture est une Horizon bleue. Par contre, il est exact qu'en juillet 1980, il utilisait une vieille Renault 12, une berline blanc cassé. Il l'a changée dans la deuxième quinzaine de décembre dernier.

— Et tu considères que ce n'est rien ? rétorque Villemain, qui se redresse sur son fauteuil, soudain à cran.

— Ne t'emballe pas ! J'ai lu et relu le procès-verbal de son audition. La question posée n'a pas de lien certain avec les précédentes. Aussi répond-il spontanément, sans penser à préciser qu'il vient quelques semaines plus tôt d'en changer.

— Mais à la question précédente concernant son sac à dos, il a non moins spontanément déclaré que ce jour-là — ce jour-là, ce sont ses propres termes — il avait certainement son sac rouge. Moi aussi, figure-toi, j'ai lu le procès-verbal.

— Je dois dire, intervient le juge, que ma question concernant sa voiture a eu l'air de surprendre Mathieu. Il a paru hésiter un instant avant de répondre, comme s'il se demandait que dire...

— Tu vois bien ! jubile Contat. Sur une formulation différente, il aurait parlé de la Renault et non de la Talbot.

— A moins qu'il n'ait pris le temps de choisir la réponse qui l'arrangeait. Pour la spontanéité, tu repasseras !

— Vous êtes l'un et l'autre si convaincants, dit le juge, que je suis incapable de prendre parti. Et dire que tout cela est de ma faute, ajoute-t-il avec un soupir contrit...

La solution la plus sage, qu'adoptent sans se concerter Villemain et Contat, est de rester coi devant cette autocritique manifestement sincère, et d'attendre la suite. Elle ne se fait pas attendre.

— Qu'avez-vous découvert d'autre ?

Villemain s'apprête à parler, quand le téléphone sonne. Mme le Greffier, sur un signe, vient décrocher.

— Allô ? Oui... bonjour, monsieur... Non, M. le Juge est en conférence. Un instant, je vous prie...

Elle pose la main sur le combiné :

— Monsieur le Juge, M. Mathieu demande s'il vous serait possible de le recevoir un jour prochain.

Le juge regarde ses deux visiteurs comme s'il attendait de leur part l'inspiration, puis prend son agenda, le consulte.

— Lundi, 15 h, dit-il à mi-voix.
— M. le Juge peut vous recevoir lundi à 15 h, monsieur Mathieu... Parfait, c'est entendu... Au revoir, monsieur.
— Qu'est-ce qu'il peut bien vouloir me dire ? lance le juge, sans s'adresser à personne en particulier, et manifestement sans attendre de réponse.

Il se tait quelques instants, puis reprend :
— Enchaînons, voulez-vous ! Monsieur Villemain, vous étiez sur le point de dire quelque chose.
— C'est exact, monsieur le Juge. Il s'agit de Marthe Faurier, la vieille gouvernante-cousine de Mathieu. Elle n'est d'ailleurs ni l'un ni l'autre.

Villemain raconte par le menu les résultats de ses investigations concernant la vieille demoiselle.
— Nous n'avons pas voulu procéder à son audition, monsieur le Juge, pensant qu'il était préférable de lui donner un aspect spécifiquement judiciaire. Mlle Faurier appartient à une génération où la justice inspire encore une crainte révérentielle que nous, policiers, ne saurions susciter.
— C'est très gentil, dit le juge, de présenter la situation sous ce jour. Moyennant quoi, vous avez bien fait d'interpréter au sens large mon désir de me réserver Mathieu et d'y englober Mlle Faurier. Rien d'autre ?
— Valérie n'est pas Valérie, dit Contat.
— C'est donc confirmé, dit le juge. La S.T.

avait vu juste. Voici encore un point acquis. Il nous en faudrait beaucoup d'autres. Cela dit, il me faut revenir à Mathieu, qui se présentera à mon cabinet lundi. Et comme je ne sais pas ce qu'il me veut, je n'ai d'autre ressource que le laisser venir...

— Ce n'est pas toujours une mauvaise tactique, monsieur le Juge. Vous avez le temps... En attendant, je pense que Contat et moi devrions rester à Digne quelques jours encore, d'abord pour mettre sur papier les résultats que nous vous avons communiqués, ensuite pour nous livrer à une ou deux petites vérifications complémentaires...

XXXIX

Samedi 21 mars 1981 — 15 h

— Quel métier ! rumine silencieusement Contat. Heureusement que j'ai pensé à amener des souliers de marche !

C'est une idée de Villemain qui l'a conduit à cette expérience chronométrée. Une marche forcée, comme les anciens prétendent qu'on en faisait autrefois pendant le service militaire... Lui est bien trop jeune. D'autant qu'il a été appelé dans une unité légère blindée de reconnaissance, la cavalerie des temps modernes.

Et voilà que les besoins de l'enquête — les besoins à la manière de Villemain, maudit soit-il — l'amènent à ahaner sur un sentier de chèvres, entre le collège Gassendi et les Hautes-Bastides de Cousson. Problème : mesurer le temps strictement nécessaire à un marcheur entraîné pour aller, à pied du lieu du crime à la place d'Archail, en voiture d'Archail au collège Gassendi, à pied encore dudit collège jusqu'aux Hautes-Bastides.

Le moins qu'on puisse dire est qu'il ne tient pas la forme olympique ! Certes, les deux premières parties du parcours n'ont présenté aucune difficulté. Valérie l'a accompagné jusqu'au pâturage où avait été découvert le corps de Benoît Rouquier. Ils en sont redescendus en gambadant — l'allure d'un marcheur entraîné — jusqu'au village. Contat a soigneusement décompté la bonne heure passée avec elle à la bergerie, où ils ont fait escale. Ensuite, au volant de la vieille berline noire du service, il a roulé normalement jusqu'à Digne par l'itinéraire le plus direct. Il a poussé le souci du détail jusqu'à se garer dans l'allée Cécile-Sauvage et, de là, a emprunté le sentier dit des Oreilles-d'Ane, le plus direct, mais aussi le plus raide de ceux qui mènent vers le Cousson. Une véritable ravine, semée de tous les cailloux instables de la création, où les chevilles sont soumises à une diabolique alternance de torsions et de contre-torsions.

— Mau-dit-soit-Vil-le-main ! Mau-dit-soit-Vil-le-main ! scande-t-il pour essayer de rythmer sa marche, de coordonner tant bien que mal les maigres apports d'oxygène de sa respiration haletante, les battements de son cœur qui cogne comme un marteau de forgeron et les mouvements de ses jambes lourdes. Dire que l'Administration rechigne sur la prime de risques alors que, même s'il évite l'accident, il est en train d'abréger sa vie.

Encore heureux qu'il ne sache pas tout !

Au même moment, Villemain est bien loin d'imaginer la somme de malédictions que son jeune collègue appelle sur sa tête. Douillettement installé dans le bureau mis à sa disposition par la Sûreté urbaine, il procède à l'audition dans les formes du jeune Guillaume.

Contrairement à ses espoirs, le garçon ne lui apprend pas ce qu'il voulait entendre : ils n'ont pas parlé des horaires de fonctionnement du tracto-pelle.

C'était cela, la petite idée de Villemain : Guillaume avait bavardé avec Magaud, le chef du chantier conducteur d'engin de vallon de Richelme, peut-être avait-il avec lui évoqué, au hasard de la conversation, les horaires de fonctionnement de sa machine, informations qu'il aurait transmises à Mathieu. Sait-on jamais ? La bonne enquête est celle qui ne laisse rien dans l'ombre. Guillaume est formel, il n'a parlé horaires ni avec Magaud ni avec Mathieu.

Et, pendant ce temps, le jeune Contat use ses semelles à vérifier sur le terrain qu'il est tout à fait possible de se trouver à midi sur les lieux du crime et trois heures plus tard aux Hautes-Bastides. Un coup d'œil à la carte d'état-major aurait suffi. Après tout, cela lui a valu une petite escapade à Archail ! Un bon petit, ce Contat ! Dans quelques années, ce sera un vrai flic, du meilleur !

Tout heureux de servir à sa manière la future et prometteuse carrière de son ami, Villemain n'est pas déçu. Il ne s'acharne pas contre Mathieu, comme a paru un moment le croire le juge. Il n'a rien contre lui, ni contre personne. Simplement, il collectionne des faits, parfois des petits bouts de faits, et les rapproche les uns des autres.

La mosaïque...

XL

Lundi 23 mars 1981 — 15 h

Le juge a accueilli Mathieu avec la courtoisie dont il ne se départit jamais, avec chaleur même ; son visiteur lui pose des problèmes, mais il lui est sympathique.

— Vous avez demandé à me voir, monsieur Mathieu, je vous écoute.

— Voici pourquoi, monsieur le Juge. Ma visite est liée, vous vous en doutez, à l'affaire d'Archail. Ou plus précisément à la personne de mon ex-gendre, car je ne vois pas en quoi ce que j'ai a vous expliquer pourrait intéresser votre enquête...

— Vous me laisserez en juger. Pour l'instant, cependant, je vous entends hors procédure, sans formalisme. Lorsque vous m'aurez dit le but de votre visite, nous verrons...

— Le fait est le suivant : peu après le mariage de ma fille, et me rendant compte de la dangereuse instabilité de son mari, j'avais souscrit en sa faveur, sur la tête de Benoît, une assurance sur la vie d'un montant de 450 000 F auprès de la Caisse nationale de prévoyance. Benoît avait, cela va sans dire, donné son accord à ce contrat, dont il était d'ailleurs l'un des signataires. Je lui avais présenté la chose — à Elisabeth aussi — comme une sorte de complément de cadeau de Noël, la date du contrat et par voie de conséquence l'échéance annuelle de la prime se situant en effet à cette époque de fêtes, et cela m'évitait de lui exposer trop crûment la nature exacte de mes préoccupations réelles. Il ne fallait pas non plus risquer de blesser Elisabeth qui m'en voulait de ne pas faire confiance à son mari. Après la séparation, j'ai continué de payer les primes, considérant que, ce faisant, je protégeais ma fille contre la perte de revenus que provoquerait la mort de mon ex-gendre : plus de pension alimentaire. Ensuite ce fut le disparition de Benoît. J'ai continué le paiement régulier des primes, pour des raisons plutôt confuses, que je n'ai jamais cherché à analyser dans le détail, peu importe au fond. Bref, maintenant que Benoît est mort, Elisabeth a droit au capital garanti...

Mathieu s'interrompt, comme s'il attendait un commentaire, des questions de son interlocuteur, mais celui-ci se contente d'un :

— Continuez, monsieur Mathieu !

— Je me suis donc rendu à la poste de Digne où j'avais souscrit le contrat pour m'enquérir des formalités à remplir en vue du versement de la somme due. Elles sont très simples, il me suffit de produire un certificat de décès de Benoît Rouquier. Or il se trouve qu'au moment de ce décès, mon ex-gendre n'était pas identifié et que, selon toute vraisemblance, la mairie de la commune d'Archail n'est pas en mesure de me délivrer un extrait d'acte de l'état civil que je pourrais utiliser. Je suis donc venu vous demander si, de votre côté, vous aviez entrepris la procédure nécessaire pour faire compléter l'acte de décès, ou s'il m'appartenait d'entreprendre moi-même les démarches. Mes connaissances juridiques sont trop spécialisées, et mes études de droit civil trop lointaines, pour me fournir une réponse à ces questions.

— Vous auriez pu consulter votre avocat, ou votre notaire...

— A quoi bon ? Il aurait fallu que l'un ou l'autre prenne de toute façon attache avec vous. J'ai donc choisi la solution la plus directe.

— C'est parfaitement logique. Bien ! Je vais d'abord répondre à la question que vous êtes venu me poser. L'identification de Benoît Rouquier est, vous l'avez compris, trop récente pour que j'aie déjà requis le président du tribunal civil de Digne en vue d'une rectification de l'acte de décès dressé par la mairie d'Archail. En votre qualité de personne intéressée à cette rectification, vous pourriez également le faire, mais je pense, s'agissant d'une affaire criminelle en cours d'instruction, que ma requête a davantage de chances d'aboutir rapidement que la vôtre, et je dispose de par mon dossier d'éléments de preuve beaucoup plus déterminants que les vôtres.

— Je n'en ai aucun !

— Je vais donc m'en charger dès aujourd'hui. En outre, vous n'aurez pas de frais de justice à supporter.

— Ce n'était pas le problème, monsieur le Juge, dit Mathieu en souriant.

— Sans doute. Bon ! Second point : je ne sais pas si ce que vous venez de m'apprendre a un lien avec l'enquête en cours, mais je ne puis a priori en exclure la possibilité. Voulez-vous donc, à votre choix, confirmer votre déclaration sur procès-verbal que vous dicterez directement à madame le Greffier, pour gagner du temps, ou préférez-vous m'adresser une lettre reprenant ce que vous venez de me dire ?

— Pourquoi ne pas le faire tout de suite ?

— En effet ! Madame le Greffier, voulez-vous prendre un procès-verbal de déposition. Vous voyez la formule : « constatons que se présente spontanément devant nous », etc.

Tandis que la machine enregistre sous la dictée de Mathieu, le juge, tout en écoutant, rumine les informations reçues. Il brûle de poser un certain nombre de questions. Mais est-ce bien le moment ? Mathieu s'attend à ces questions, elles sont tellement évidentes qu'il a des réponses toutes prêtes. Sans les entendre, le juge pourrait lui-même les formuler. Tout compte fait, il se contentera d'une seule, hors procédure, et ce diable de Mathieu n'en sera que plus mal à l'aise !

Au contraire, et compte tenu de ce qu'il a conclu de ses entretiens avec Villemain et Contat, il va lui-même lui fournir une information... une information de taille !

La machine à écrire s'arrête. Le juge lève les yeux.

— Vous avez terminé, monsieur Mathieu !
— J'ai répété ce que je vous avais dit.
— Parfait ! Madame le Greffier, vous pouvez clore le P.-V., et le faire signer par M. Mathieu.

Mathieu relit posément, signe, rend la feuille que le juge range dans son dossier.

— Monsieur Mathieu ? Maintenant que j'y pense... Quand avez-vous réglé la dernière prime ?

— Mais à son échéance, monsieur le Juge, fin décembre 1980. En réalité, je ne l'ai pas payée manuellement, elle a été prélevée d'office, comme d'habitude. Je ne reçois qu'un avis de prélèvement, et plus tard la quittance correspondante.

— Rouquier était mort depuis six mois. N'oubliez pas de réclamer son remboursement !

— J'y penserai.

— Je pense encore à une chose qui sans doute vous intéressera en votre qualité de professionnel de l'enquête. Avez-vous une idée de la façon dont nous sommes parvenus à identifier Benoît Rouquier ?

Mathieu sourit.

— Pas la moindre, monsieur le Juge. Je vous avoue que j'en suis très intrigué. Mais j'avais renoncé à vous le demander, vous ne paraissiez guère disposé à me révéler les secrets de votre instruction, si j'ai bonne mémoire...

— La situation n'est plus la même... Figurez-vous donc que la police judiciaire de Marseille, qui m'assiste dans cette affaire, a reçu en janvier une lettre anonyme venant de Digne et selon laquelle le mort d'Archail serait un certain Benoît Rouquier, ayant demeuré à Mercœur, dans la Corrèze. Vous connaissiez cette adresse ?

— Oui ! Je me souviens qu'Elisabeth m'en avait parlé, mais il y a des années de cela. Je crois que c'est là qu'il habitait lorsqu'elle en a eu des nouvelles pour la dernière fois.

— Et la lettre anonyme ? Avez-vous une idée sur sa provenance ?

— Pas l'ombre, monsieur le Juge. Je ne vois pas qui aurait pu avoir intérêt à vous mettre sur la piste de Benoît Rouquier.

— Jusqu'à aujourd'hui, dit le juge, je ne voyais effectivement personne. Mais après ce que vous venez de me dire, votre fille et vous y aviez intérêt.

— C'est vrai ! Je ne faisais pas le rapprochement...

Mathieu réfléchit intensément, puis ajoute :

— Mais dites-moi pourquoi j'aurais attendu si longtemps ? Et pourquoi j'aurais eu recours à ce procédé ?

XLI

Lundi 23 mars 1981 — 17 h

— Il a raison, dit Mme le Greffier, après que Mathieu eut pris congé. Pourquoi aurait-il attendu si longtemps ? Pourquoi aurait-il eu recours à une lettre anonyme ? A mon avis, il n'est pas l'auteur de la lettre. M. Mathieu est homme à prendre les ennuis à bras-le-corps, pas à les esquiver. Rien ne l'obligeait à venir aujourd'hui vous parler de cette assurance.

— Il ne m'en a pas parlé lors de ses deux premières visites à mon cabinet, c'est un fait incontestable.

— C'est vrai, mais cela ne répond pas à mes deux questions, surtout pas à la seconde.

— Je suis d'accord avec vous sur ce point. D'ailleurs, je ne pense pas non plus qu'il soit l'auteur de la lettre. Dans l'état de nos connaissances, celle-ci ne peut avoir qu'un seul responsable, la vieille demoiselle qui vit avec lui.

— Mais quel intérêt pour elle ?

— L'assurance, parbleu ! Elle adore Elisabeth,

nous le savons, et celle-ci ne baigne pas dans l'opulence. 45 millions de centimes, c'est une jolie somme !

— Pourquoi alors aurait-elle agi à l'insu de Mathieu ?

— Je n'ai pas dit qu'elle avait agi à son insu. Mais je le croirais volontiers. Sans doute Mathieu n'était-il pas chaud pour identifier Benoît. Voyez-vous, je suis convaincu que Mathieu et Marthe Faurier ont, en juillet dernier, reconnu les photos de Rouquier dans les journaux. Ils en ont discuté et rediscuté, Mathieu s'opposant à toute démarche, soit qu'il ait craint d'être soupçonné de meurtre, soit simplement, comme il l'a dit, pour éviter de raviver la peine de sa fille, soit encore que les deux raisons aient simultanément joué. Et Marthe s'est à l'époque rangée à l'avis de Mathieu, peut-être n'a-t-elle pas alors pensé à l'assurance. Puis est venu, fin décembre, l'avis d'échéance de la prime, dont Marthe a eu naturellement connaissance, ils vivent ensemble. Nouvelles disputes, Marthe feint de céder, mais agit clandestinement, et sa lettre anonyme nous met sur la voie.

— Remarquable scénario, monsieur le Juge, tout à fait remarquable, apprécie Mme le Greffier.

— Je me réjouis de vous voir enfin moins protocolaire, madame le Greffier.

— Comment dois-je le prendre ?

— Dans un sens on ne peut plus littéral, je vous assure !

— Hum... Pour en revenir à l'affaire Rouquier, et dans l'hypothèse où votre scénario serait conforme à la réalité, qu'en est-il du meurtre proprement dit ?

— Là, je patauge. L'alibi de Mathieu, même s'il présente des lacunes, est digne de foi. S'il n'est pas vrai, il est admirablement ficelé, du travail de virtuose...

— Nous connaissons maintenant un mobile possible à M. Mathieu, cette assurance...

— Vous y croyez vraiment ?

— Pas le moins du monde. Autant l'homme me paraît capable de tuer à l'occasion, dans des circonstances données et sans remords, autant je le crois incapable d'un calcul sordide. Un passionnel, le cas échéant, pas un crapuleux, pour parler comme les journaux.

— C'est aussi mon avis, mais cela ne résout pas le problème...

— J'ai remarqué que vous ne lui aviez posé officiellement aucune question à propos de cette assurance, comme si elle ne vous intéressait pas...

— Mais je ne crois pas que l'assurance soit liée au crime, vous avez dit vous-même pourquoi, c'est ma première raison. La seconde est que Mathieu s'attendait à ce que je l'interroge sur ce point, et il avait certainement fourbi ses réponses, j'aurais pu vous les dicter à sa place ! Non, mon silence va contribuer à le mettre à nouveau mal à l'aise, vous connaissez ma théorie à ce sujet. Lors de notre prochaine entrevue, il sera moins laconique. Je suis prêt à prendre les paris !

— Seriez-vous joueur ? Est-ce par jeu aussi que vous lui avez lâché la lettre anonyme ?

— Je me suis gardé de la lui montrer. Je veux qu'il rumine, qu'il en parle avec Marthe Faurier, qu'ils en discutent et se chamaillent. Il ne peut pas ne pas identifier l'auteur de la lettre, pour peu qu'il réfléchisse, il arrivera à la même conclusion que nous, c'est garanti. Et j'ai tout intérêt à les mettre en bisbille si mon scénario, comme vous l'appelez, est exact, et rien à perdre s'il ne l'est pas. Le pari de Pascal. Pas un pari naïf, mais un pari vicieux, machiavélique. Voilà ! Je suis le Machiavel de la procédure d'instruction !

— Je vous trouve moins protocolaire, monsieur le Juge...

— Merci ! Voulez-vous cependant avoir l'amabilité de prendre une petite note pour le président du tribunal en vue de la rectification de l'acte de décès de la mairie d'Archail. Il a raison, Mathieu, j'aurais pu y penser sans qu'on me le dise. J'aurais dû !

XLII

Lundi 23 mars 1981 — 17 h 30

Rue des Acacias, Jean Mathieu et Marthe Faurier prennent le thé.

— Puisque je vous dis, Marthe, que le juge ne m'a posé aucune question à propos de l'assurance ! Ou plutôt une seule, mais qui n'a pas été enregistrée, j'avais déjà signé ma déposition. C'était au sujet du paiement de la dernière prime, en décembre 1980. Ça n'avait pas du tout l'air de l'intéresser. J'avoue que j'en suis aussi surpris que vous, je m'attendais à ce qu'il me demande des précisions, mais rien ! Ce diable de juge est imprévisible !

— Sans doute a-t-il pu vérifier votre présence à Cousson le jour du meurtre et vous a-t-il une fois pour toutes mis hors de cause. Je vous avais dit que vous n'aviez aucune raison de vous inquiéter...

— C'est possible... Mais son manque de curiosité à propos de l'assurance n'est pas mon principal objet d'étonnement...

— Et quel est-il, ce principal objet ?

— Je vais vous le dire, Marthe. Savez-vous comment la police a été mise sur la voie en ce qui concerne l'identification de Benoît ?

— Ma foi...

— Vous ne voyez vraiment pas ?

— Non, vous dis-je ! Je vous trouve bien mystérieux tout à coup. Ça ne vous ressemble pas...

— Mais c'est mystérieux ! Tout à fait mystérieux ! Du moins pour moi. Moins pour d'autres, j'en suis certain...

— Allez-vous parler, à la fin ?

— Voici donc ce que m'a révélé le juge, même pas sous le sceau du secret de l'instruction, et sans que je lui demande rien. La seule fois où je lui avais posé une question, c'est tout juste s'il ne m'avait pas rabroué ! Bon ! Figurez-vous que la police de Marseille, le service qui avait enquêté sur place en juillet dernier, a reçu une lettre anonyme lui signalant que le mort inconnu d'Archail pourrait bien être un certain Benoît Rouquier ayant vécu à Mercœur. Curieux, non ?

Marthe repose lentement sa tasse sur la table, et prend son temps pour répondre. Mathieu l'observe avec toute l'attention dont il est capable, mais pas un trait du visage de la vieille demoiselle ne trahit une quelconque émotion, une quelconque surprise.

— Curieux, en effet, dit-elle seulement.
— D'autant plus curieux, insiste Mathieu, que cette lettre anonyme a été postée à Digne. De là à conclure qu'elle est l'œuvre d'un Dignois, il n'y a qu'un tout petit pas... D'un Dignois ou d'une Dignoise, j'entends...
— Qu'insinuez-vous au juste ?
— Je n'insinue pas, je me contente de raisonner. Quelqu'un à Digne savait, ou a appris que le mort inconnu d'Archail était Benoît, et a cru bon d'en informer qui de droit. Personnellement, je ne pense pas que ce quelqu'un ait pu l'apprendre, comment l'aurait-il fait ? Donc ce quelqu'un savait depuis juillet, s'est tu pendant six mois en gros, puis, pour une raison qui reste à établir, a vidé son sac en préservant son incognito... Mes déductions pour le moment en sont là... Pour la suite, j'en suis réduit aux hypothèses.
— Je peux savoir ?
— Vous voyez très bien ce que je veux dire, Marthe ! Ne jouez pas les étonnées !
— Alors dites-le carrément, et cessez une bonne fois de tourner autour du pot !
— Comme vous voulez. Six mois après la mort de Benoît, l'avis d'échéance de la prime annuelle nous a — nous, c'est-à-dire vous et moi — nous a rafraîchi la mémoire. De même qu'en juillet, vous étiez d'avis, je vous rends cette justice que vous n'en avez jamais changé, de provoquer l'identification de Benoît. Moi pas ! Mais vous avez feint de vous rendre à mes arguments et, n'en faisant

qu'à votre tête de mule, vous avez tourné la difficulté en recourant à une lettre anonyme. La lettre date de janvier, peu après l'échéance de l'assurance. La voilà, mon hypothèse ! Vous ne pouvez pas nier qu'elle tient debout !

— Mais ce n'est qu'une hypothèse. Vous et moi n'étions pas les seuls à Digne à connaître Benoît, donc à pouvoir reconnaître sa photo...

— Nous étions les seuls à le bien connaître ! Et pourtant, nous avons hésité. Moi, du moins... Souvenez-vous, je n'en étais pas sûr !

— C'est ce que vous avez cherché à me faire croire, mais je n'ai jamais été dupe !

— Ne détournez pas la conversation ! Et qui donc, à Digne, sinon vous et moi, pouvait avoir entendu parler de Mercœur ?

Mathieu laisse le temps à ce nouvel argument de s'imposer.

— Marthe, j'aimerais que vous me disiez ce que vous pensez de mon hypothèse, reprend-il. Vraiment, j'aimerais.

— Elle a autant de chances d'être vraie que la mienne lorsque je vous suppose l'auteur du meurtre de Benoît. Notez que je n'ai pas dit le coupable, j'ai dit l'auteur, nuance. Il a fait œuvre de salubrité !

— Marthe, que va dire votre confesseur ?

— Ce qui se passe entre mon confesseur et moi ne vous regarde pas.

— J'ai encore quelque chose à vous dire, Marthe. Le raisonnement que je viens de vous tenir sur la lettre anonyme n'est pas mon exclusivité. Je suis convaincu que le juge s'est tenu exactement le même, que partant des mêmes faits, il a abouti aux mêmes conclusions et que s'il a à mon intention levé un coin du voile, c'était pour que je raisonne à mon tour et vous en fasse part. Voulez-vous que je vous dise ? Vous devez vous attendre, dans les jours qui viennent, à une convocation à son cabinet. Le juge est certainement imprévisible, mais pas à ce point !

— Et que devrai-je lui dire ?

— C'est la meilleure ! Avec vous, Marthe, je ne serai jamais au bout de mes surprises...

XLIII

Jeudi 26 mars 1981 — 10 h

En dépit de sa désinvolture apparente et de ses airs dégagés, Marthe Faurier n'en mène pas large, dans ce tronçon de couloir qui tient lieu d'antichambre au cabinet du juge d'instruction.

La prophétie de Mathieu s'est vérifiée dans les quarante-huit heures, mais il s'est refusé à lui donner la moindre indication sur la ligne de conduite qu'elle devra tenir. Elle a tout tenté pour l'attendrir, allant jusqu'à lui mijoter une tête de veau qu'il adore et qu'il a mangée seul : elle a cette viande gélatineuse en horreur. Mais rien n'y a fait.

— Débrouillez-vous toute seule ! Vous avez pris vos responsabilités en écrivant cette fichue lettre. Alors, maintenant, assumez !

Il affirme qu'elle a écrit la lettre. C'est vrai, mais elle ne s'est pas résolue à le lui avouer. Il en ricane :

— Ne vous obstinez pas à nier l'évidence,

Marthe ! Qui voulez-vous qui vous prenne au sérieux ? Moi ? Le juge ? Attention ! je vous mets en garde ! Chez le juge, vous parlerez sous la foi du serment.

— Vous avez prêté serment, vous aussi ?
— Evidemment !
— Pour tout ce que vous avez déclaré au juge ?
— Bien entendu !
— J'ai pourtant cru comprendre que vous ne lui aviez rien dit de nos discussions en juillet dernier, lorsque j'ai reconnu Benoît sur la photographie publiée par le journal, ni en décembre, à propos de l'assurance...

— Vous avez fort bien compris, Marthe. Je n'ai rien dit à ce sujet. Je ne pouvais vraiment pas supposer que vous aviez écrit une lettre à la police pour lui révéler l'identité de Benoît, et de façon si maladroite que vous n'aviez pas une chance de rester dans l'ombre !

— Vous vous êtes parjuré !
— Et vous, vous m'avez trahi, sans avoir le courage de le faire en face, c'est mieux ?
— C'était l'intérêt d'Elisabeth, et je n'ai dit que la vérité.
— Un intérêt limité à une affaire de gros sous ! C'est sordide ! Croyez-vous que ce soit l'intérêt d'Elisabeth de voir son père suspecté du meurtre de son ex-mari ? On peut dire que vous avez fait du beau travail !
— Alors ?
— Alors il est trop tard pour revenir en arrière,

c'est la situation actuelle qu'il faut envisager avec lucidité. Je ne vous demande qu'une chose : quoi que vous révéliez au juge, dites-le-moi, de façon claire, précise et complète. Je suis déjà suffisamment embarrassé pour que vous n'alliez pas compliquer davantage !

C'est ainsi qu'elle s'est déterminée.

Si elle doit prêter serment, elle dira la vérité, rien que la vérité, toute la vérité. On ne badine pas avec un serment quand on s'appelle Marthe Faurier.

XLIV

Jeudi 26 mars 1981 — 14 h

Il y a grand conseil de guerre chez le juge d'instruction, qui rassemble autour de lui Villemain, Contat et Mme le Greffier, invitée à participer aux débats.

— Vous y représenterez, madame, toute l'intuition féminine, lui a gracieusement dit Contat, à qui elle a daigné sourire.

A l'intention des deux inspecteurs, le juge résume brièvement l'audition de Marthe Faurier. La vieille demoiselle a, d'entrée de jeu, pris une position très claire.

— Suis-je appelée à prêter serment, monsieur le Juge ?

— Telle est la loi, mademoiselle.

— Très bien ! Il ne me reste qu'à vous dire la vérité.

Cela émis avec le plus grand sérieux et d'un tel ton de conviction qu'il était impossible de mettre en doute sa sincérité.

Les déclarations de Marthe Faurier coïncident

point par point avec les conclusions auxquelles ils sont eux-mêmes arrivés. Marthe avait reconnu la première la photographie de Benoît parue dans le journal, et l'avait fait observer à Jean Mathieu, qui avait discuté bribe par bribe les éléments de ressemblance qu'elle lui soulignait. Lorsqu'elle lui avait proposé d'aller voir le corps, déposé à la morgue de l'hôpital de Digne, il avait catégoriquement refusé ! Elle y avait finalement renoncé, mais sans que sa conviction soit ébranlée.

L'idée lui était alors venue que Mathieu se refusait à toute démarche en vue de l'identification parce qu'il redoutait d'être impliqué dans le meurtre de Benoît, meurtre au reste nullement désapprouvé par demoiselle Marthe, quel que puisse en être l'auteur... Mais le 8 juillet, il était en montagne, à Cousson lui avait-il dit sans autre précision. Ce n'est que lorsqu'elle l'avait taquiné — ce sont ses propres mots, ils figurent au procès-verbal — sur son éventuelle culpabilité qu'il avait affirmé être en mesure de le prouver.

Fin décembre, l'avis d'échéance de la prime a mis l'assurance-vie sur le tapis. Il n'en avait jusque-là pas été question. Puisque Mathieu n'avait rien à craindre, soutenait-elle, il fallait faire en sorte que Benoît soit identifié : il y allait de l'intérêt d'Elisabeth.

— Vous comprenez, monsieur le Juge, avait-elle eu le front de lui dire, même si M. Mathieu a raison et que le mort d'Archail ne soit pas Benoît, l'essentiel est qu'il soit identifié à Benoît et que l'assurance puisse alors payer à Elisabeth le capital garanti.

Elle en était si convaincue que le juge n'a rien tenté pour l'en dissuader.

— Cette femme est d'un illogisme déconcertant, observe Mme le Greffier. Elle aurait froidement menti, n'était-ce son serment auquel elle attache une valeur mystique. Et elle se montre totalement amorale dès qu'il s'agit de sa chère filleule.

— Elle a sa logique propre, dit Contat, comme tout le monde dès que l'affectivité est en cause. Du moins sommes-nous ainsi certains de sa franchise.

— Elle n'a pas que sa franchise, elle a aussi sa vérité, dit Villemain en insistant sur les possessifs. On peut lui faire confiance pour les faits. Quant à ses interprétations, je suis beaucoup plus réticent.

— Les faits sont simples, dit le juge. De plus, elle serait très heureuse que nous n'aboutissions pas à la découverte du meurtrier qui a selon elle fait œuvre pie.

— C'est déjà ce que nous ont dit Sarah Cantarel et Luis Cortès, fait remarquer Contat et, moins crûment exprimé, ce qui ressort des déclarations de Jean Mathieu. Aucun de ceux qui ont connu Benoît Rouquier ne semble avoir éprouvé de sympathie pour ce pauvre type...

— Exception faite de tes marginaux d'Archail !

Cette petite observation, acide, faite sans avoir l'air d'y toucher, l'est évidemment par Villemain.

— Ils ne l'ont connu que quelques semaines, rectifie Contat. Et souviens-toi, honnêtement, partout où il passait, c'était toujours tout nouveau, tout beau. Les rapports ne se dégradaient qu'avec le temps.

— Nous pouvons donc refermer cette courte parenthèse, conclut le juge. Elle n'était pas inutile, puisqu'elle nous rappelle qu'il reste, dans la vie de Benoît Rouquier, une zone d'ombre de près de quatre ans, sur laquelle nous ne possédons rigoureusement rien. Il a pu susciter d'autres désirs de vengeance...

— Ce n'est pas exclu, monsieur le Juge, intervient Villemain, mais encore faudrait-il que ces désirs de vengeance soient manifestés par des personnes ayant avec Digne ou ses environs immédiats des liens particuliers. Cela nous en fait déjà deux pour une ville de moins de vingt mille habitants, la probabilité d'en découvrir d'autres me semble infinitésimale.

— J'ai tenu le même raisonnement, dit le juge. Et puisque nous en sommes aux calculs de probabilité, l'excursionniste au sac rouge du Cucuyon a beaucoup plus de chances d'être Mathieu que Cortès. Moyennant quoi, je ne connais pas un seul magistrat du ministère public, à commencer par notre procureur, qui oserait avancer cet argument pour étayer une accusation. Un avocat stagiaire, fût-il bègue, le descendrait en flammes en moins de trois minutes.

— En outre, M. Mathieu dispose d'un alibi

solide, ajoute Mme le Greffier. En dépit de vos efforts, monsieur Villemain, vous n'avez pu le prendre en défaut.

— C'est exact, madame. L'excursion de Contat a démontré qu'il était facile à un marcheur moins entraîné que Mathieu de parcourir la distance séparant le lieu du crime des Hautes-Bastides de Cousson en moins de trois heures. Mais nous butons sur la partie matinale de l'emploi du temps. Un tracto-pelle capricieux fonctionnant en dehors des heures habituelles de travail, ça ne s'invente pas : ou c'est un fait personnellement constaté, ou c'est un fait appris. Si Mathieu l'a appris, nous savons que ce n'est pas par l'intermédiaire du jeune Guillaume. Mais n'aurait-il pu l'apprendre autrement ? Nous n'avons en pratique aucun moyen de le savoir, et par conséquent d'ouvrir une brèche dans son alibi. Car il est impossible à un même homme de se trouver à 7 h du matin au vallon de Richelme, et de redescendre moins de quatre heures plus tard du Cucuyon, même si cet homme a les jarrets de Mathieu. Son alibi tient.

— Nous disposons cependant d'un élément nouveau, intervient le juge. Nous avons à présent la certitude que Mathieu a menti, au moins sur un point : l'identification du mort d'Archail, et cela en dépit du serment prêté. Un homme tel que lui ne se parjure pas sans des motifs extrêmement graves. Nous sommes donc fondés à suspecter l'ensemble de ses autres déclarations. Nous sommes fondés aussi à approfondir les raisons pour lesquelles il nous a délibérément caché la vérité. Ce faisant, nous resserrons l'étau autour de lui, et pouvons l'amener à une maladresse, une contradiction dont nous tirerons parti.

— Vous le tenez donc pour coupable, monsieur le Juge ? interroge Mme le Greffier. Ne craignez-vous pas d'aller un peu vite en besogne ?

— Coupable, non ! Pas encore, mais certainement très suspect. Son attitude en juillet dernier, son refus sans justification de la démarche qui aurait permis d'identifier Benoît, son comportement actuel le désignent comme suspect numéro un. Le mensonge est le fait de celui qui a quelque chose à cacher. C'est sans doute une lapalissade, mais aussi une réalité. A nous d'en tirer profit !

— A vous, monsieur le Juge. C'est maintenant à vous de jouer et à vous seul. Villemain et moi ne sommes plus directement dans la course, à moins que d'autres vérifications ponctuelles ne soient rendues nécessaires par la prochaine audition de Mathieu. Mais je n'y crois guère. L'estocade donc vous revient, le moment de vérité des aficionados.

— Vous aimez les courses ? demande le juge.

— J'en rate le moins possible.

— C'est un spectacle dégradant ! s'exclame Mme le Greffier.

— Il me plaît de me dégrader ainsi, madame ! réplique sèchement Contat.

— J'ai apprécié l'image de l'estocade, dit le juge avec un clin d'œil discret en direction de

Contat. Il faut d'abord, à la muleta, s'efforcer d'amener le fauve *a recipir*, puis frapper, frapper très juste. Eh ! avec un peu de chance, je pourrais couper les oreilles !

— Vous aussi ! dit Mme le Greffier, horrifiée.
— Moi aussi, confirme le petit juge.

XLV

Lundi 30 mars 1981 — 9 h

Rarement le juge a préparé une audition avec autant de soin. Il sait qu'elle sera déterminante. Son adversaire le sait aussi. Il ne s'agit plus, comme précédemment, de simples escarmouches, mais d'un combat : il y aura un vainqueur. Et un vaincu.

En possession depuis deux jours de sa convocation, connaissant les révélations faites au magistrat par Marthe Faurier, quelle statégie Mathieu va-t-il adopter ? Comment va-t-il réagir dans la situation inconfortable où il se trouve ? Inconfortable d'abord vis-à-vis du juge, mais aussi de lui-même : il a menti en dépit du serment prêté devant une haute instance judiciaire, la gravité de ses mensonges a donc un caractère exceptionnel. Une attitude penaude surprendrait cependant, tout comme surprendrait un air faraud. Où parviendra-t-il à se situer entre ces deux extrêmes ?

Le juge sait bien ce qu'il ferait à sa place, il se

classerait froidement hors des conventions, n'attribuerait à son serment d'autre valeur que celle d'une de ces clauses de style archaïques dont fourmille la procédure pénale, et ne se laisserait sous aucun prétexte embarquer dans un processus de culpabilisation. C'est pour lui la seule position de défense solide, c'est celle qu'il choisira, il décevrait s'il en choisissait une autre.

Si donc la position probable de Mathieu est claire, s'il est possible d'anticiper sur l'attitude psychologique qui sera la sienne et sur sa stratégie de défense, force est au juge de reconnaître qu'il est perplexe quant à ce que devrait être son propre comportement initial. Comment accueillir Mathieu ? En se retranchant derrière une froideur strictement professionnelle, celle du magistrat qu'indigne le parjure ? Vraiment, il ne se sent pas du tout dans ce rôle de tragédie classique, il le jouerait mal et pourrait prêter à sourire. Non, pas ça ! ce serait d'emblée donner l'avantage à l'adversaire.

Le mieux est encore de le recevoir comme il l'a accueilli lors de leurs précédentes entrevues, courtoisement. C'est son comportement naturel, spontané, le plus facile, il n'aura pas besoin de forcer son talent pour composer, et, en fin de compte, c'est encore le meilleur moyen de désarçonner Mathieu, qui ne peut s'attendre à rencontrer une sympathie débordante...

Après quoi les agaceries auront leur rôle à

jouer. Mathieu semble assez soupe au lait. Sa susceptibilité peut le conduire à gaffer.

L'huissier frappe à la porte, l'entrebâille !

— Vous avez convoqué M. Mathieu, monsieur le Juge.

— Faites-le entrer !

Dans la tête du petit juge résonnent les trois coups.

XLVI

Lundi 30 mars 1981 — 9 h 5

— Comment allez-vous, monsieur Mathieu ?
Le juge s'est levé à l'arrivée de son visiteur, lui a tendu la main par-dessus son bureau et, du geste, lui a désigné un fauteuil.
Mathieu a répondu à la poignée de main, incliné poliment la tête en direction de Mme le Greffier, et s'est assis en utilisant sa formule habituelle :
— Mes respects, monsieur le Juge... madame...
Mme le Greffier a répondu d'une esquisse de sourire.
Très strict dans un complet de flanelle grise, chemise rayée, col anglais à barrette, cravate, pochette, chaussettes bordeaux uni, mocassins noirs, Mathieu donne l'impression d'un homme bien dans sa peau. Il s'est commodément installé dans le fauteuil, jambes croisées, le buste très droit. Le comble est que son attitude n'est

visiblement pas feinte. Pour un peu, le juge se sentirait mal à l'aise. Du coup, son ton se fait plus sec.

— Je suppose que vous savez pourquoi je vous ai convoqué ?
— Parfaitement.
— Bien. Tout est prêt, madame le Greffier ?
— Tout est prêt, monsieur le Juge.
— Notez la formule sacramentelle : je jure, etc., une formule qui ne paraît guère vous embarrasser, monsieur Mathieu ?
— Je m'en expliquerai dans le cadre de la procédure, monsieur le Juge. Pas avant le début de la présente audition, réplique Mathieu, imperturbable.
— Veuillez donc prêter serment. Dois-je vous en redire la formule exacte ?

Le juge ironise mal, il a l'air agacé, mais Mathieu ne relève pas la provocation et, docile, récite la formule en levant la main droite. Puis il attend sans broncher.

— Vous voudrez bien noter, madame le Greffier, les questions et les réponses jusqu'à nouvelle indication de ma part.
— Bien, monsieur le Juge.

« Vous avez déclaré, monsieur Mathieu, avoir pour voiture une Horizon bleue. Pourquoi ne m'avez-vous pas précisé qu'en juillet 1980, vous utilisiez une Renault 12 blanche ?

— Vous ne me l'avez pas demandé, monsieur le Juge.

— Je vous interrogeais sur votre emploi du temps de la journée du 8 juillet 1980.

— Vous m'aviez interrogé sur cet emploi du temps. Puis vous m'avez posé une autre question, je ne sais plus au juste laquelle. Ce n'est qu'après que vous avez parlé de voiture.

— La précédente question portait sur la couleur de votre sac à dos.

— J'y ai répondu.

— En effet, mais vous aviez spécifié que, ce jour-là, c'est-à-dire le 8 juillet 1980, vous utilisiez votre sac rouge. Vous vous situiez donc bien dans le cadre de votre emploi du temps à cette date.

— Cela semble évident.

— Et quand je vous parle de voiture, vous vous situez dans le présent. Comment expliquez-vous ce changement de référence en ce qui concerne le temps ?

— Je ne l'explique pas. Je persiste à dire que si vous m'aviez autrement interrogé, je vous aurais autrement répondu. Madame le Greffier, je tiens à ce que ma réponse soit intégralement retranscrite. J'ajoute que je ne vois absolument pas à quoi peut bien rimer cette histoire de voiture. Notez cela aussi, je vous prie ! »

Le juge, qui a acquiescé d'un signe de tête, attend que la machine se soit tue.

— Un instant, madame. Ne nous énervons pas, monsieur Mathieu, nous ne sommes pas au bout de nos peines, ce matin...

— Je ne l'ignore pas, monsieur le Juge, et j'ai tant d'explications à vous fournir sur des sujets autrement délicats que je ne comprends pas pourquoi vous me cherchez noise pour une réponse mal faite à une question mal posée, et sur un point auquel je ne comprends rien !

— C'est fort bien résumé, dit le juge avec un sourire apaisant. Sachez qu'une berline blanche usagée a été vue en stationnement sur la place d'Archail le 8 juillet dans la matinée.

— C'était donc ça ! dit Mathieu en riant, soudain détendu. Votre curiosité s'inscrit ainsi dans le cadre de la vérification de mon alibi. Mais pourquoi ne pas me l'avoir dit ? En va-t-il de même de mon sac rouge ?

— Tout juste ! Nous avons des raisons de penser que le crime a pu être commis par un excursionniste isolé, ayant fait le 8 juillet l'ascension du Cucuyon, utilisant une berline blanche usagée et possesseur d'un sac rouge.

— Si vous n'avez pas d'autres indices à vous mettre sous la dent, le meurtrier peut dormir sur ses deux oreilles, monsieur le Juge.

— Ai-je dit que nous n'avions pas d'autres indices ? dit doucement le juge, comme s'il se parlait à lui-même... Bien, madame le Greffier, nous reprenons.

« Monsieur Mathieu, avez-vous parlé avec M. Guillaume des chantiers de routes forestières ?

— Oui ! Je crois d'ailleurs vous l'avoir dit.

— Plus particulièrement du vallon de Richelme ?

— Bien sûr. C'est en parlant de ce chantier que nous avons évoqué le problème dans son ensemble.

— Vous persistez à affirmer qu'un tracto-pelle était en fonctionnement sur ce chantier le 8 juillet 1980, à 7 h ?

— 7 h, 7 h et demie en gros, monsieur le Juge. Mais j'ignore s'il s'agissait d'un tracto-pelle.

— C'est un engin équipé d'une pelle d'un côté et d'une lame de l'autre.

— Je sais ce qu'est un tracto-pelle, monsieur le Juge. Nous autres, douaniers, sommes imbattables sur les nomenclatures et le vocabulaire technologique des matériels importés. Mais je n'ai pas vu l'engin. Je l'ai seulement entendu.

— Avez-vous parlé de ses horaires de fonctionnement avec le jeune Guillaume au cours de votre conversation ?

— Je ne m'en souviens pas. C'est possible, mais vraiment je ne me souviens pas. En définitive, je pense que nous n'en avons pas parlé, mais suis incapable de l'affirmer. En dehors de nos considérations écologiques d'ordre très général, les garçons semblaient surtout intéressés par l'organisation de mon sac. Il est vrai que j'en suis assez fier, et que je le montre volontiers.

— Avez-vous déjà fait l'ascension du Cucuyon ?

— Je ne sais combien de fois, et par tous les itinéraires possibles. Dont deux prétendument impraticables !

— Avez-vous un itinéraire de descente favori ?

— Presque toujours le même : la ligne directe du sommet vers le pas d'Archail, là où se trouve la cabane du berger de Tartonne.

— Est-il possible à un marcheur de votre force de faire le matin l'ascension du Cucuyon et de monter l'après-midi aux Hautes-Bastides avant 15 h ?

— C'est tout à fait dans mes moyens. Je vois très bien où vous voulez en venir, monsieur le Juge. J'ajoute que cela ne vous amènera à rien. Enregistrez mes propos si vous le voulez, cela m'est indifférent. Mais vous n'aurez pas la peine de démontrer que, matériellement, j'aurais pu me trouver au Cucuyon le matin et aux Hautes-Bastides l'après-midi. Cela n'a rien d'un exploit. Seulement, j'ai passé dans le massif du Cousson toute la journée du 8 juillet, un point, c'est tout ! Et je vous mets au défi de prouver le contraire !

— Il n'y a pas de place pour un défi dans une procédure d'instruction, monsieur Mathieu. Si vous en êtes d'accord, madame le Greffier n'enregistrera pas votre dernière phrase.

— Comme vous voudrez, vous êtes le maître !

— Il vaut mieux que cela non plus ne soit pas enregistré... Vous rendez-vous compte que vous frisez l'outrage ?

— J'ai le plus grand respect pour votre fonction, monsieur le Juge. Mais convenez que ma réaction est naturelle : vous cherchez en ce moment à me mettre un meurtre sur le dos, je ne peux pas demeurer indifférent !

— Convenez aussi que votre sincérité me semblerait plus digne de foi si vous ne m'aviez effrontément menti...

— J'en suis conscient.

— Vous comprendrez donc mieux ainsi pourquoi je vous demande de me narrer à nouveau, sans omettre un détail, votre emploi du temps de la matinée du 8 juillet.

— Comme il vous plaira ! Je serai aussi minutieux que ma mémoire me le permettra. Je suis donc parti de chez moi en voiture, la Renault 12 crème et non pas blanche, vers six heures du matin, et suis allé me garer dans l'allée Cécile-Sauvage, un peu plus loin de l'avenue Cuzin que d'habitude, à cause d'une tranchée récemment ouverte. Là, j'ai endossé mon sac rouge et suis parti à pied par l'avenue Cuzin jusqu'au pont sur les Eaux-Chaudes. J'ai traversé le parking et emprunté l'avenue des Thermes jusqu'à l'établissement thermal, que j'ai dû atteindre vers 7 h, la distance parcourue étant d'à peu près quatre kilomètres. Je ne me souviens pas sur ce trajet avoir rencontré qui que ce soit de connaissance, encore que plusieurs voitures m'aient doublé. Ne pratiquant pas le stop, je ne leur ai pas fait signe et aucune ne m'a proposé de me prendre à son bord. J'aurais accepté, je n'aime pas trop marcher sur route... Si j'avais fait du stop, au moins aurais-je aujourd'hui un témoin...

— Tenez-vous-en aux faits !

— Vous me demandez d'être précis, je le suis ! Il devait donc être 7 h quand, à hauteur de l'établissement thermal, j'ai quitté la route pour descendre dans le lit du torrent, que j'ai remonté sur quelque 400 m jusqu'au bas du vallon de Richelme où j'ai raccroché l'amorce de l'ancien sentier. Je suis passé par le captage de la source qui alimente les thermes en eau potable. C'est à peu près à ce niveau, donc vers 7 h 20, que j'ai commencé à entendre l'engin dont je vous ai parlé, 50 à 80 m de dénivellation au-dessus de moi. J'ai hâté le pas, à cause du bruit que je n'aime pas, mais surtout pour éviter des chutes de pierres, qui peuvent être très dangereuses. Ils ont réussi à démolir le captage.

— Ce jour-là ?

— Malheureusement pour moi, non, monsieur le Juge. L'accident est de beaucoup antérieur. J'ai à diverses reprises constaté les dégâts. Je crois même qu'un procès est en cours.

— Ne pouvez-vous me fournir aucune preuve de votre passage à cet endroit le 8 juillet peu après 7 h du matin ?

— Personne ne peut m'aider à le prouver. Si

j'avais su, je serais passé par le chantier et aurais pris soin de m'y faire remarquer. Vous ne perdriez pas aujourd'hui votre temps à me retourner sur le gril.

— Etes-vous certain que l'engin de travaux publics était en fonctionnement effectif au moment de votre passage ?

— Certain ! Dans le cas contraire, je ne me serais pas méfié des chutes de pierres. »

— Bien, nous vérifierons !
— Je suis surpris, monsieur le Juge. Je pensais que c'était déjà fait. Mais vous verrez que j'ai dit la vérité.
— Il aurait mieux valu pour vous que vous ne vous écartiez en rien de cette ligne de conduite. Vous n'en seriez pas là... Inutile, madame, de noter mes commentaires !

XLVII

Lundi 30 mars 1981 — 10 h

— Nous allons donc aborder ce point délicat. Madame le Greffier, nous reprenons, voici la question : « Lors de vos précédentes dépositions, vous avez nié avoir reconnu Benoît Rouquier sur la photographie publiée dans la presse. Le témoignage de Mlle Faurier contredit vos déclarations, pourtant faites sous la foi du serment. Expliquez-vous !

— Ma réponse n'est pas simple, monsieur le Juge, et mes raisons sont complexes. Je vais m'efforcer de vous les exposer avec le maximum de clarté. En juillet dernier, il est vrai que Mlle Faurier et moi-même avons examiné avec beaucoup d'attention la photographie de l'homme tué à Archail. Marthe avait cru y reconnaître mon ex-gendre Benoît. Pour ma part, en dépit de certaines ressemblances, je pensais qu'il ne s'agissait pas de lui. En outre, quand bien même le mort d'Archail aurait été Benoît, je ne voyais que des inconvénients à l'identifier. Je vous ai déjà exprimé mon souci d'éviter à ma fille tout rappel de ses souvenirs douloureux. Peu m'importait que Benoît soit mort ou non, l'essentiel était qu'on ne parle plus de lui, plus jamais. Je ne me souciais pas davantage de contribuer à la découverte de son meurtrier. Non, il n'y avait aucun motif à une démarche de Marthe ou de moi-même en vue d'une identification largement aléatoire.

— L'assurance-vie n'était-elle pas une raison valable ?

— L'assurance ne nous est revenue en mémoire que beaucoup plus tard. Marthe a dû vous le dire. C'est en décembre seulement que l'avis d'échéance de la prime annuelle nous a rappelé son existence.

— Ne redoutiez-vous pas aussi à ce moment d'être inquiété à propos du meurtre ?

— Je ne redoutais rien en ce qui me concerne directement, pas plus d'ailleurs qu'aujourd'hui. J'étais à Cousson le 8 juillet, et le hasard, ou plutôt la chance, d'une rencontre aux Hautes-Bastides a fait que je suis en mesure de le prouver. J'aurais fort bien pu ne rencontrer personne au cours de ma promenade, et je serais dans de beaux draps ! Ma seule parole contre tout l'appareil judiciaire ! Mais si je n'avais pour moi rien à craindre, il en allait autrement, je vous le répète, d'Elisabeth : la publicité devenait inévitable, or j'étais résolu à tout faire pour l'éviter.

— Cela n'explique pas que vous ayez menti au cours de vos précédentes auditions.

— Pas complètement, c'est vrai. Cependant, il y a un lien étroit. Prisonnier de ce qui n'était à l'origine, et au pire qu'une dissimulation — je vous rappelle à cet égard mes doutes sur l'identité du mort d'Archail —, il me devenait très difficile de vous révéler la vérité sur le sujet de mes disputes avec Marthe. En outre, il s'agissait de faits n'ayant rien à voir avec le meurtre.

— C'est à moi d'en décider, observe le juge.

— Mais je sais moi, monsieur le Juge, que je suis étranger à cette affaire même si, de votre côté, vous avez des doutes que je peux comprendre. »

— Laissez tomber l'incidente, madame le Greffier, à partir du moment où j'ai interrompu M. Mathieu, et reprenons.

« Je disais donc, monsieur le Juge, qu'il s'agissait de faits étrangers à la mort de Benoît. Vous les dissimuler n'était pas de nature à entraver l'action de la justice, ce qui simplifiait mon débat intérieur. En plus, et pour être tout à fait franc, j'ignorais l'existence de la lettre anonyme de Marthe, et rien ne pouvait me laisser supposer que mon mensonge serait un jour découvert.

— Et votre serment ?

— Il fait partie du formalisme de la procédure et n'a pas véritablement la dimension d'un engagement d'honneur. Par ailleurs, à partir du moment où vous me traitiez en suspect et non plus en témoin, je me voyais placé objectivement en qualité d'inculpé. Un inculpé a le droit de se défendre par tous les moyens, y compris le mensonge. La loi le dispense du serment. Lors de notre seconde entrevue, j'avais résolu de revenir spontanément sur ma première déposition, et de vous révéler toute la vérité, mais vous m'avez soumis à un véritable interrogatoire et ne m'en avez pas laissé le loisir. »

— Madame le Greffier, un instant je vous prie. Arrêtez-vous à « engagement d'honneur ». Monsieur Mathieu, êtes-vous vraiment satisfait de votre exercice de casuistique ?
Mathieu hésite. Pour la première fois, le juge sent qu'il a réussi à le mettre dans l'embarras. Il répond :
— Pas vraiment, monsieur le Juge. Je me raccroche comme je le peux, je me cherche des excuses, mais il est certain que le moment le plus difficile pour moi a été celui où j'ai, pour la première fois de ma vie, menti sous serment, même si je demeure convaincu que mon mensonge était justifié par l'intérêt de ma fille.
— Cet intérêt l'emporte pour vous sur toute autre considération, n'est-ce pas ?
— Ma réponse est oui, monsieur le Juge !
— Bien ! Je pense qu'aujourd'hui, nous pourrions en rester là. Veuillez clore, madame le Greffier, et soumettre sa déposition à M. Mathieu.

Le cérémonial se déroule sans incident. Mathieu signe, puis :

— Monsieur le Juge, vous avez tout à l'heure piqué au vif ma curiosité !

— Oui ?

— Une petite phrase. Vous savez l'importance des petites phrases, les journalistes en sont friands, elles appâtent. Je suis moi aussi appâté.

— Qu'ai-je donc pu dire de si affriolant ?

— Vous avez parlé d'autres indices...

— C'est exact, monsieur Mathieu, je vous promets de vous en parler lors de notre prochaine entrevue..., car nous nous reverrons bientôt... Je souhaite pour vous que vous me donniez alors l'occasion de me convaincre de votre sincérité retrouvée.

— J'en conclus que vous ne l'êtes pas ?

— Non ! monsieur Mathieu.

XLVIII

Lundi 30 mars 1981 — 11 h 30

— Vous n'avez pas éveillé que la curiosité de M. Mathieu, dit Mme le Greffier lorsqu'ils se retrouvent seuls. La mienne aussi. Je brûle de savoir quelle nouvelle carte vous tenez cachée dans votre manche...

— Du diable si je le sais moi-même.

— Auriez-vous bluffé ?

— J'avoue ! dit le juge en tendant comiquement ses mains potelées vers des menottes imaginaires.

— Comment allez-vous vous en tirer ? Je veux dire, la prochaine fois, lorsque vous reconvoquerez Mathieu ?

— Y aura-t-il une prochaine fois ?

— Mais vous l'avez dit à Mathieu !

— Mesquine vengeance ! Je lui en veux de m'avoir fait prendre des vessies pour des lanternes !

— Pas très longtemps...

— Pas très longtemps en ce qui concerne l'identification de la photo de Benoît Rouquier... Quant au reste..., je veux dire son alibi...

— Peut-être dit-il vrai ?

— Peut-être ment-il. Il nous a expliqué en long et en large qu'il faisait son affaire des problèmes de conscience. S'il y a un point où je ne mets pas sa parole en doute, c'est bien celui-là. Surtout si l'intérêt d'Elisabeth est en cause.

— Donc vous avez contre lui un élément nouveau.

— Oui, mais uniquement subjectif. Il ment trop bien, il est trop adroit. Concrètement, je sors de cette séance battu à plate couture, je ne sais rien de plus qu'avant. Mathieu s'est expliqué, il a su trouver le ton le plus juste pour se sortir, sans réelle casse, de la situation où il s'était fourvoyé, et je n'ai pas, dans tout ce qu'il a dit, trouvé le point faible où j'aurais pu porter mon attaque. Il n'y a pas même un hiatus entre la déposition de Marthe Faurier et la sienne !

— Voulez-vous dire que vous renoncez à l'estocade ?

— Pas encore. Fidèle à ma tactique, j'ai semé en Mathieu les germes, non de la curiosité, mais de l'inquiétude. Il n'a pas fini de se répéter ma petite phrase que je n'ai pas lâchée tout à fait au hasard. La prochaine fois, si prochaine fois il y a, il se présentera sans savoir de quoi il va être question. Bien malin s'il le savait, puisque je ne le sais pas moi-même. Il faudrait que j'imagine une mise en scène, que j'affirme par exemple comme établi un fait que je ne peux pour l'heure que supposer, que je l'amène à perdre son sang-froid. Jusqu'ici, je ne suis parvenu qu'à l'irriter, pas à le mettre en porte à faux. Il se cramponne à son alibi, il n'a d'ailleurs rien d'autre à faire.

— Il a semblé accorder davantage d'importance à sa rencontre avec Guillaume dans l'après-midi qu'à la partie matinale de son emploi du temps.

— Mathieu est subtil. En ce qui concerne les Hautes-Bastides, son alibi est inattaquable, et il le sait. L'inspecteur Villemain nous a par contre fort bien démontré que, pour le point de départ, les premières heures de la matinée du 8 juillet, tout repose sur des déclarations. J'ai bien essayé de le couper à propos de l'engin sur le chantier. Il pouvait ne pas réagir à son nom barbare, un mot peu courant que pour ma part je viens d'apprendre, montrant par là qu'il l'avait vu à un moment ou à un autre sur le chantier, en contradiction donc avec ses propos précédents. Mais il n'est pas tombé dans le panneau. Je suis battu, vous dis-je !

— Vous persistez à le traiter en coupable. Au besoin, vous retournez contre lui des éléments qui lui sont favorables en les mettant au compte de sa duplicité. Tout se passe comme si, pour quelque raison obscure, vous lui en vouliez...

— C'est l'impression que je vous donne ?

— Peut-être me suis-je exprimée d'une façon

un peu raccourcie, un peu simpliste, monsieur le Juge, mais en gros, j'ai cette impression.

Le juge fait un effort visible pour descendre en lui-même, scruter ses motivations. Un lourd silence s'établit, quelques secondes, qui paraissent très longues.

— Vous avez raison, dit-il d'une voix plus sourde. En attendant Mathieu, je me préparais à soutenir contre lui un véritable duel, insensiblement, j'en suis arrivé à faire du suspect qu'il est aux yeux du juge d'instruction un adversaire personnel. Mais vous avez tort aussi : je n'en veux pas à Mathieu, je n'ai aucune raison de lui en vouloir, il me serait plutôt sympathique.

— A moi aussi, c'est vrai. Encore que je n'ai pas beaucoup apprécié la désinvolture avec laquelle il a balayé son serment.

— Je m'attendais à cette attitude, il ne pouvait en adopter une autre.

— N'empêche qu'il m'a déçue... Que décidez-vous, monsieur le Juge, sur le dernier point qu'il vous a donné à vérifier ?

— Il ne m'a rien donné du tout !

— Mais si, monsieur le Juge. Vous l'avez amené à parler, parler beaucoup. Votre tactique a réussi, il a lâché un petit détail de plus, vous savez bien, les petites phrases...

— Et ce détail ?

— La tranchée de l'allée Cécile-Sauvage ?

— S'il l'a vue, c'est qu'elle existait. Vous

pensez bien qu'il ne va pas s'amuser à propos de son alibi.

— Vous saviez depuis le début que Guillaume existait, ce qui ne vous a pas empêché de faire vérifier.

— C'est vrai ! Au point où j'en suis, après tout...

XLIX

Mardi 31 mars 1981 — 10 h

— Voici donc les faits, monsieur le Procureur. Je croyais n'avoir plus rien à tirer de Mathieu. J'avais lu et relu ses différentes dépositions sans rien y découvrir de plus que ce que j'avais fait vérifier. Et, brusquement, un minime détail est apparu, une précision supplémentaire qu'il apportait, en disant qu'il avait garé sa voiture dans l'allée Cécile-Sauvage un peu plus loin que d'habitude, à cause d'une tranchée récemment ouverte. J'ai personnellement utilisé cette bribe d'information, et la chance a voulu que son exploitation soit possible et débouche sur un résultat positif. J'ai ainsi pu établir que le 8 juillet 1980, la société qui gère les eaux de la ville avait effectivement terrassé une tranchée pour dénuder une canalisation, les travaux ayant débuté à 8 heures du matin. Or Mathieu déclare avoir vu cette tranchée peu après 6 h.
— Vous en concluez ?

— Que Mathieu a effectivement garé sa voiture le 8 juillet dans l'allée Cécile-Sauvage, mais pas à l'heure qu'il nous a dite, et sur laquelle, notez-le bien, repose tout son alibi. Il n'y est arrivé que nettement plus tard. A partir de là, je peux l'enferrer.

— Avez-vous l'intention de l'inculper ?

— Je suis venu vous en entretenir, monsieur le Procureur. J'ai effectivement l'intention de l'inculper. La question qui se pose est la suivante : dois-je l'inculper avant sa prochaine audition, qui deviendrait alors un interrogatoire de première comparution, dont vous connaissez comme moi les limites légales : identité complète, notification de l'inculpation, mandat de dépôt et incarcération préventive. Dois-je au contraire pousser à fond mes avantages, dans la forme que j'ai utilisée jusqu'à présent, et ne l'inculper qu'à l'issue de cette audition ?

— Juridiquement, dit le procureur, la première formule est la seule à respecter l'esprit de la loi.

— C'est vrai, monsieur le Procureur. Toutefois, je ne serai vraiment en possession du faisceau d'indices concordants nécessaire à l'inculper qu'après l'avoir amené à reconnaître qu'il a menti. Dans le premier cas de figure, Mathieu serait obligatoirement assisté de son avocat lorsque j'aborderais ce point. Sa spontanéité y perdrait d'autant plus que son avocat, et lui par conséquent, auraient connaissance de la totalité du dossier, y compris la tranchée de l'allée Cécile-Sauvage, avant que je puisse l'interroger sur le fond.

— Objectivement, vous avez raison, dit le procureur. Mais vous vous exposez à voir soulever un vice de procédure...

— Croyez-vous que je puisse prendre ce risque ?

— Depuis quand les magistrats assis sollicitent-ils une autorisation des magistrats debout ?

L

Jeudi 2 avril 1981 — 12 h 30

Dans son bureau de la rue des Acacias, Mathieu tourne et retourne entre ses mains la convocation que vient de lui notifier un gardien de la paix. La précédente lui était parvenue sous enveloppe déposée dans sa boîte aux lettres. Que peut bien signifier ce changement de méthode ?

Surtout venant après la petite phrase qu'il a relevée. Une phrase lourde de menaces, car une chose est sûre : le juge n'est pas, et de loin, convaincu de sa sincérité. Mais de quel indice s'agit-il ? Que diable ce juge a-t-il bien pu découvrir ?

Mathieu a beau prendre le problème par tous les bouts, il ne voit pas où ses déclarations relatives à son emploi du temps pourraient être prises en défaut. Or c'est justement sur ce point que portent les doutes du magistrat.

Et s'il s'agissait d'un coup de bluff ? Bien des fois, dans le cadre d'enquêtes qu'il conduisait, il lui est arrivé de recourir à ce procédé, de plaider le faux pour savoir le vrai, ce n'est pas nouveau. Mais il s'agissait toujours de points de détail soulevés en vue d'une exploitation immédiate. Le bluff est destiné à décontenancer quelques instants, pas davantage, à provoquer un avantage immédiat qui oblige l'adversaire à baisser sa garde et à se découvrir, le temps d'assener un coup.

Le juge, lui, lance un propos, sans avoir l'air d'y toucher, puis il laisse planer le mystère, s'alourdir le climat. Ce n'est pas au hasard, par inadvertance, qu'il a évoqué d'autres indices. Il a agi en parfaite connaissance de cause, et n'a pas cherché à tirer parti de la situation qu'il s'était ingénié à créer. Il est décidément toujours aussi imprévisible.

— Réveillez-vous, Jean ! Le déjeuner refroidit !

Pendant le repas, Marthe et lui n'ont échangé que quelques considérations anodines, chacun gardant pour lui ses préoccupations. Il y a plusieurs jours qu'il en est ainsi, depuis que leur amour d'Elisabeth, dans lequel ils communiaient jusqu'au cœur de leurs algarades les plus véhémentes, les a opposés. Entre eux, le courant ne passe plus, ils n'ont plus rien à se dire. Ou trop.

Après le café, voyant Mathieu prêt à réintégrer son bureau et ses sombres pensées, la vieille demoiselle prend les devants :

— Je crois, Jean, qu'il faut que nous parlions !
— N'avons-nous pas tout dit ?

— Je crains que non. Il y a cette lettre idiote que j'ai écrite ; croyez-le, je m'en mords les doigts. Si j'avais un instant imaginé qu'elle vous mettrait à ce point dans l'embarras, soyez certain que jamais je ne l'aurais envoyée. Hélas ! mes regrets, comme vous l'avez répété, ne changent rien. Voilà ! Vous savez où j'en suis. Et je veux savoir où vous en êtes ! Je vous vois anormalement inquiet pour les quelques tracasseries que vous inflige le juge d'instruction.

— Vous appelez ça des tracasseries ! Vous avez l'art de la litote, Marthe !

— Ce n'est pas d'ironie dont vous et moi avons besoin en ce triste moment. Il vous a fallu avouer quelques mensonges, j'ai dû pour ma part reconnaître la paternité d'une lettre anonyme, nous n'avons eu le beau rôle ni l'un ni l'autre, c'est un fait. Mais de là à dramatiser comme vous semblez vous y complaire, je ne comprends pas. Vous me cachez quelque chose. Maintenant, je ne vous laisserai plus en paix tant que je ne saurai pas quoi !

LI

Lundi 6 avril 1981 — 8 h

ACCIDENT DE MONTAGNE
AU PIC DE COUAR
UN ALPINISTE SOLITAIRE SE TUE
Suit l'article du quotidien régional :
« Un dramatique accident de montagne vient de coûter la vie à l'un de nos concitoyens, M. Jean Mathieu, bien connu dans notre ville où il avait pris sa retraite il y a quelques années. M. Mathieu venait de faire l'ascension facile du pic de Couar. On a retrouvé au sommet, sous le signal géodésique, son sac ouvert, et son réchaud installé. Sans doute le malheureux alpiniste a-t-il voulu se préparer une boisson chaude, en faisant fondre de la neige dont quelques traces subsistent dans les anfractuosités du versant très abrupt dominant la vallée. L'hypothèse la plus probable est que le rocher, rendu friable par la succession des gels et des dégels, a cédé sous son poids et que Jean Mathieu a glissé, puis rebondi de ressauts en

ressauts, avant de s'écraser plusieurs centaines de mètres plus bas, complètement disloqué.

« L'alerte a été donnée par Mlle Marthe Faurier, que les gavots connaissent bien. Inquiète de ne pas voir rentrer son cousin dont elle partage la demeure, Mlle Faurier a alerté la gendarmerie. Les recherches, gênées par la nuit, n'ont abouti qu'hier matin à la macabre découverte.

« Notre rédaction présente à la famille de M. Mathieu ses condoléances attristées. »

En encart, une brève biographie de Jean Mathieu, une photographie en tenue de montagne. A côté, le traditionnel article du Club alpin français.

LII

Jeudi 16 juillet 1981 — 10 h

— Vous voici donc de retour à Digne, monsieur Villemain, dit le juge. Une nouvelle enquête ?

— Pas du tout, monsieur le Juge. Je suis en vacances non loin d'ici, en famille. J'en ai profité pour venir vous renouveler de vive voix mes félicitations pour votre mariage, et vous remercier d'avoir eu la délicatesse de nous en faire part, à Contat et à moi.

— C'est que vous n'y êtes pas étrangers, tous les deux. Sans cette affaire Rouquier, peut-être serais-je passé à côté du bonheur conjugal...

— Mme le Greffier va bien ?

— Mme le Greffier n'est plus madame le Greffier. Elle m'assiste maintenant chez moi, mais a cessé de le faire à mon cabinet, il faut bien, même à regret, se conformer aux usages de l'administration judiciaire. Que devient notre jeune ami Contat ?

— Je l'ai vu hier, monsieur le Juge, vous n'imaginerez jamais où ?

— J'attends...

— Il passe ses vacances à Archail, à garder les chèvres.

— Avec Valérie ?

— Bien entendu.

— Autre conséquence heureuse de l'affaire. Savez-vous, monsieur Villemain, comment elle s'est terminée ?

— J'ai appris par le journal la mort en montagne de Jean Mathieu, mais quand j'ai voulu interviewer le patron, il n'a pas consenti à desserrer les dents au-delà d'un très sec « affaire classée » qui m'interdisait toute curiosité.

— L'affaire est effectivement classée, l'action publique est éteinte par la mort de Mathieu.

— C'était donc lui ?

— Oui ! de façon certaine ! Mais, officiellement, le classement se justifie par des recherches infructueuses. J'ai fait une croix sur mon amour-propre professionnel en déclarant ratée une affaire réussie, dont votre directeur vous a également frustré, sur ma demande expresse. Vous avez, en compensation, droit à toute la vérité. Quand vous la connaîtrez, vous comprendrez, et, comme moi, vous vous tairez, parce que c'est la seule chose à faire.

Le juge raconte alors à Villemain comment il avait fini par dénicher le fameux petit indice. Et comment la mort de Mathieu ne lui avait pas laissé le temps de le confondre.

— Dans ces conditions, monsieur le Juge, dit Villemain, je ne m'explique pas votre certitude sur sa culpabilité.

— Elle provient d'une révélation de Mlle Faurier qui m'a tout raconté au cours d'un entretien privé qu'elle est parvenue, à force d'intrigue et de ténacité, à m'extorquer, en me demandant l'engagement d'honneur de taire ce qu'elle avait à me confier. J'ai refusé cet engagement qui aurait contrevenu aux règles de ma fonction, et la vieille demoiselle a dû se contenter d'une promesse de discrétion que je pouvais lui faire sans scrupule, la discrétion ne fait que manifester le secret professionnel auquel nous sommes, vous comme moi, tenus. Voici donc ce que m'a révélé Mlle Faurier.

Tout venait d'une visite de la vieille demoiselle à son confesseur, à qui elle avait fait part des aveux que lui avait faits Mathieu la veille de sa mort. Convaincue du suicide de son cousin, convaincue que sa lettre anonyme était à l'origine de ce gigantesque gâchis, par ailleurs très croyante — même s'il lui arrivait de se montrer totalement amorale —, elle était allée chercher secours auprès de son directeur de conscience. Et celui-ci avait montré qu'à côté de la justice divine, celle des hommes ne devait pas rester lettre morte. Il avait, pour l'absoudre, et aussi pour l'aider à apaiser les remords d'une âme en déroute, exigé qu'elle relate les faits au juge d'instruction : ils ne pouvaient plus nuire à Mathieu. Et nul ne pourrait par la suite être suspecté de ce crime.

— Dommage qu'il n'y ait pas davantage de catholique aussi fervents que Marthe Faurier, commente le juge.

— Et de confesseurs aussi avisés, ajoute Villemain.

L'entrevue avait donc eu lieu, elle avait été consacrée à la relation des aveux détaillés de Mathieu.

— A tout hasard, explique le juge, je m'étais muni de mon greffier électronique, je veux dire ce petit magnétophone à cassette.

Il exhibe l'engin et, devant la surprise manifeste de Villemain, commente :

— D'accord, ce n'est pas réglementaire, sur le plan judiciaire, ma bande n'a aucune valeur. Mais je vous rappelle que j'agissais hors procédure, et que cet enregistrement n'avait d'intérêt que pour moi. Et puis, il faut le dire, ma curiosité était piquée au vif, je voulais ne rien laisser perdre de cette entrevue romanesque, à laquelle j'avais eu la faiblesse de consentir. Puisque, aussi bien, je m'étais mis dans mon tort, autant continuer et aller jusqu'au bout !

— La pente dangereuse, monsieur le Juge, celle sur laquelle a fini par glisser Mathieu !

— Je ne le sais que trop ! Mais pas plus que lui, je ne regrette. Ecoutez la bande ! C'est la voix de

Marthe Faurier qui répète ce que lui a dit Mathieu.

« Le 8 juillet, j'avais garé très tôt ma voiture à Archail, dans l'intention de faire l'ascension du Cucuyon par une voie que j'avais repérée depuis pas mal de temps, mais que je n'avais pas encore eu l'occasion de tenter. Une voie splendide, parfois acrobatique, mais très rapide. Un vrai régal ! Je tenais vraiment la grande forme. Au sommet, je me suis fait une tasse de thé, et suis redescendu très en avance sur l'horaire que j'avais prévu, écrasant au passage une vipère d'un coup de talon, je ne peux pas souffrir ces bêtes.

« Comme j'avais du temps devant moi, et encore tout à la joie d'avoir forcé ce nouveau passage, l'idée m'est venue de remonter, par une trace que j'avais suivie en allant aux champignons l'automne précédent, en direction du grand cône de déjection qui creuse la montagne, sous la pyramide même du Couar, pour examiner le terrain et voir s'il n'y aurait pas moyen de le tourner sur la gauche pour rejoindre une grande vire oblique permettant de traverser la face et de sortir dans une brèche de l'arête droite. C'est la pire inspiration qui me soit jamais venue à l'esprit.

« Il devait être 11 h et demie environ lorsque j'ai rencontré, à la base du cône, un petit troupeau de chèvres ? Les chevriers connaissent généralement très bien la montagne, obligés qu'ils sont parfois d'aller récupérer leurs bêtes dans des escarpements impossibles, je bavarde souvent avec eux lorsque j'en rencontre. Autrefois, il s'agissait de gens de la campagne, mais, maintenant, on y trouve des jeunes en rupture d'atelier ou d'université, venus chercher une autre vie. Je les comprends. C'était le cas de celui-ci, un grand gaillard barbu et chevelu, aucun rapport avec un paysan.

« Nous avons parlé quelques instants. J'ai remarqué qu'il me dévisageait avec insistance, mais sans trop y prêter attention, jusqu'au moment où il m'a dit :

« — Ai-je tant changé, Jean Mathieu ? Vous ne me reconnaissez vraiment pas ?

« A mon tour je l'ai longuement examiné avant de parvenir à mettre un nom sur son visage :

« — Vous êtes Benoît, n'est-ce pas ?

« — Benoît, avait chantonné l'autre, je suis Benoît, Benoît le père de vos petits enfants ! Qu'attendez-vous pour me sauter au cou en signe de retrouvailles ?

« Il parlait à voix basse, puis sa voix montait. Il se balançait sur ses jambes, dansait presque. Son comportement était celui d'un dément.

« — Qu'est-ce que vous devez être content, hein ? Vous le pensiez que je finirais dans la peau d'une cloche ? Soyez heureux ! Vous aviez raison, regardez-moi ! Je suis une cloche !

« — Calmez-vous, ne vous faites pas pire que vous êtes !

« — Ah oui, la morale ! Votre foutue dégueulasse

morale de bourgeois ! Moi, j'aurais voulu tout foutre en l'air, tout faire sauter ! Seulement voilà : en plus du reste, je ne suis pas capable d'aller jusqu'au bout, un minable qui se débine dès qu'il voit un C.R.S. ! A peine bon à leur balancer des pierres... de loin ! Et vous aussi, avec vos grands airs, vous n'êtes qu'un minable, un pourri comme moi, incapable d'aller jusqu'au bout !

« — Taisez-vous !

« — Et pourquoi je me tairais ? Hein ? Pourquoi ? Parce qu'un autre minable me le demande ? Tiens, venez plutôt partager ma soupe, en frère...

« Alors Benoît s'est accroupi pour ôter le couvercle de sa gamelle, posée sur les pierres d'un foyer, et m'en montrer le contenu. J'étais debout derrière lui.

« — Et Elisabeth ? Et vos enfants ? Vous rendez-vous compte du mal que vous leur avez fait ? Savez-vous qu'elle a failli en mourir ?

« — Pauvre conne ! a laissé tomber Benoît. Encore plus conne que je ne croyais !

« Alors, j'ai ramassé une pierre à terre, et je l'en ai frappé, une seule fois ! »

Un déclic. Le juge arrête son petit magnétophone. Les deux hommes restent un long moment pensifs, puis Villemain rompt le silence :

— Voici donc résolu le problème du couvercle, dit-il. Sa position me chiffonnait. Elle conforte les aveux de Mathieu.

— Effectivement, la scène a bien dû se dérouler comme il l'a racontée à sa cousine. Toujours selon lui, puisqu'il est notre seule source, il est resté un moment stupéfait, à se demander pourquoi il avait commis ce geste de violence, sans trouver de réponse. Cependant, il n'a pas tardé à reprendre ses esprits et s'est résolu à descendre à Archail pour y donner l'alerte. Mais le village était désert, il devait être alors un peu plus de midi et demi, il n'y a pas même eu un chien pour aboyer sur son passage.

— La chaleur...

— C'est alors qu'il a entrevu qu'avec un minimum de chance, l'impunité lui était assurée. Pas pour lui, il n'a pas pensé à lui, pour Elisabeth, pour lui éviter ce nouveau chagrin d'avoir pour père un meurtrier. Il n'avait rencontré personne au cours de sa promenade dans cette montagne pourtant fréquentée, ni très tôt le matin, ni en cours de chemin, ni maintenant à son retour au village. Pourquoi devrait-il payer, et quel prix ? Quel prix devrait aussi payer sa fille ? Benoît valait-il ce prix ? C'est sur la route entre Archail et Digne, parfaitement déserte à cette heure, qu'il a songé à se fabriquer un alibi en grimpant aux Hautes-Bastides. Peut-être, puisque jusque-là le hasard n'avait cessé de le favoriser, continuerait-il ses bons offices en lui permettant de se faire voir par d'autres excursionnistes.

— Et le hasard a bien fait les choses, dit Villemain, puisque effectivement, il a rencontré

Guillaume et son cousin. Mais qu'aurait-il fait si, lui montant à cette heure incongrue, il avait croisé des promeneurs descendant ?

— Marthe le lui a demandé, il y avait pensé. Entendant quelqu'un descendre vers lui, il a l'oreille fine, il se serait assis au bord du sentier, aurait lié conversation, et raconté à toutes fins utiles que lui aussi descendait. Selon l'itinéraire décrit, il ne lui était pas difficile, compte tenu de sa parfaite connaissance du massif, d'expliquer pourquoi la rencontre ne s'était pas produite plus tôt.

— Astucieux ! apprécie Villemain en connaisseur. Un gangster professionnel n'aurait pas fait mieux ! Reste le tracto-pelle...

— Aucun mystère. C'est sa conversation avec Guillaume qui lui a donné l'idée d'aller le lendemain matin faire un tour sur le chantier. Le bavardage d'un ouvrier, un Nord-Africain, lui a donné le point de départ de son alibi. Il lui suffisait de situer son passage dans un créneau de fonctionnement de l'engin. Ah ! j'allais oublier ! le carnet de route complété dès son retour chez lui, en fin d'après-midi du 8 juillet.

— Remarquablement agencé. Mais alors, ignorant la faille que vous aviez découverte avec la tranchée de l'allée Cécile-Sauvage, pourquoi s'est-il résolu à parler ? Le remords ?

— Non, je ne pense pas. Il a dit à sa cousine qu'avec la vipère tuée par lui le matin au pied du Cucuyon, cela en faisait deux à son tableau de chasse. En guise d'oraison funèbre... Non ! Je pense qu'il portait un secret trop lourd pour lui seul, et qu'il s'est résolu à le partager avec sa cousine, sachant que jamais, pour rien au monde, elle n'en dirait rien à Elisabeth. Il le lui a du reste expressément demandé.

— Elle en a parlé à son confesseur...

— Ce n'est pas la même chose pour elle, dit le juge. Pour elle, Dieu est au-dessus des hommes, parler à Dieu n'est pas trahir un secret, puisque aussi bien, il sait tout.

— Etait-ce vraiment un suicide, monsieur le Juge ?

— Je crois, monsieur Villemain, que Jean Mathieu a su mourir, comme il a su se conduire tout au long de cette affaire, avec pour unique pensée sa fille.

— Ce ne peut être qu'un suicide !

— La thèse de l'accident a été officiellement reconnue par l'enquête de la gendarmerie et reprise par la presse locale. Les constatations ne laissent planer aucun doute.

— Et vous n'avez rien dit ?

— Je n'ai rien dit, monsieur Villemain. Je ne vous ai jamais caché ma sympathie pour Mathieu. Aujourd'hui encore, je n'ai pas changé d'avis. J'ai aimé son acharnement à protéger sa fille, quoi qu'il puisse lui en coûter. Son dernier mot à Marthe Faurier : qu'Elisabeth ne sache rien ! Sa dernière volonté...

PRIX DU QUAI
DES ORFÈVRES

LE PRIX DU QUAI DES ORFÈVRES, fondé en 1946 par Jacques Catineau, est destiné à couronner chaque année le meilleur roman policier inédit, œuvre d'un écrivain français.

● Le montant du Prix est de 5 000 F remis à l'auteur le jour de la proclamation du résultat par M. le Préfet de Police de Paris. Le manuscrit retenu est publié, dans l'année, par la Librairie Arthème Fayard, le contrat d'auteur garantissant un tirage minimal de 50 000 exemplaires.

● Le Jury du Prix du Quai des Orfèvres, placé sous la Présidence effective du Directeur de la Police Judiciaire, est composé de personnalités remplissant des fonctions ou ayant une activité leur permettant de porter un jugement sur les œuvres soumises à leur appréciation.

● Les manuscrits doivent être dactylographiés en double exemplaire et déposés ou expédiés en recommandé, avant le 30 avril, au Secrétariat du Prix du Quai des Orfèvres (S.E.R.T.), 38, avenue de l'Opéra, 75002 Paris.

ON ÉCRASE BIEN LES VIPÈRES...

● Toute personne proposant un manuscrit s'engage à accepter toutes les conditions du règlement du Prix qui peut être demandé au Secrétariat du Prix du Quai des Orfèvres.

*Achevé d'imprimer le 25 novembre 1983
dans les ateliers de l'Imprimerie Bussière
à Saint-Amand-Montrond (Cher)
pour le compte de la Librairie Arthème Fayard
75, rue des Saints-Pères, Paris-6ᵉ*

35-17-7122-01
ISBN 2-213-01345-4

Dépôt légal : novembre 1983.
N° d'Édition : 6706. N° d'Impression : 2616.

Imprimé en France.

35-7122-1